倚近

黎漫——著

推薦序

愛並不總是需要結局

作家　楚影

如果你喜歡在字裡行間，尋找那些說不出口的線索，沉醉於眼神交會間無聲的悸動，那麼黎漫這些短篇小說，就是一場共鳴與理解。在合適的篇幅中，黎漫以溫柔且細膩的筆觸，勾勒出人與人之間微妙的情感張力——那或許是一場未竟的戀情、一段無法被命運允許的相遇，或是在回憶時，仍然悄悄發燙的一句話。

這些故事藏在日常眼神、語氣，甚至是沉默之中的細節。描寫的是愛的「前一刻」或「最後一眼」，讓人屏息凝視，彷彿一個輕微的改變就能改寫結局。讀來像是午後斜陽灑落書頁，溫暖卻帶著惆悵的重量。

這些文字會讓你記起，曾經心動卻無疾而終的時刻，可能是一段被善待的溫柔，也許是不敢說出口的默契，又或是一位早已離開卻仍在夢裡徘徊的人。這些回憶總是讓你的心湖泛起漣漪，唯有自己才能體會，那些沒說完、不能說、來不及說的愛。

於是「結果」並不是重點。無論是沒有開花的戀情、禁忌的牽絆，還是早已失落在歲月中的過往，真正觸動人心的，是那份被壓抑、被藏起的情感。它們充滿力量，讓人讀完之後難以釋懷。

這是一場黎漫關於情感的，對人心柔軟之處的深刻挖掘；它們讓你知道，愛並不總是需要結局，有時，一段不完整的故事，反而更貼近真實的人生。

推薦序

那些藏在字裡行間的故事

作家　席雪

我們總在生活裡行走，經歷愛與離別，承受失去與成長，卻往往在不經意的時刻，回頭望見自己的影子──那些曾經發生的、來不及宣之於口的，或者已被遺忘的情感。

《倚近》不是一本講述單一故事的書，而是一則則細膩而深刻的片段，就像在窺視一群和我們同活在世界上某處的人們，腳下印過的零碎足跡。

每一個「他」與「她」或許是我們生命中來不及熟稔的過客，某道曾匆匆擦肩的路人，抑或是我們自己。溫柔細膩的文字，被黎漫以動人的筆觸，描繪出人們在時間裡的相遇與錯過，在愛與痛中掙扎，卻仍渴望去探索、去尋找自我的模樣。

那些充滿力量的文字裡，亦如同你我的人生般，真實地藏著對遺憾的眷戀，讓人在閱讀時忍不住駐足回望，回憶起某個微雨的午後、某句後悔沒能說出口的話，或某個曾經深深愛過的人。

如果你也愛過、等過、遺憾過，那麼你一定能在這些故事裡、某些片段中，看見曾經的自己。

推薦短語

《倚近》的每一篇故事都是極短篇，而筆調都帶著意在言外，欲言又止的詩意。說的都是青春年少與荳蔻年華間很純粹的情事。故事雖短，但紙短情長。

朦朧與曖昧，是主調；遺憾與未竟，是底色。這兩種氛圍，貫穿整本書，故而有著獨特的色彩。

——《邃古的寧靜》作者　葉含氤

最溫柔的筆觸書寫最驚心動魄的轉折，喚醒潛藏內心深處不可言說的祕密。原來那些無法明確定義的關係和情感，不必攤開於陽光下，已悄悄地被理解並記得。

生離、死別、愛而不得、重蹈覆徹、皤然醒悟……故事如走過的青春，不盡圓滿，幸而在閱讀時能佯裝只是看客，不必剖開心臟和結痂的傷口，隨文字漂流，找不到正確解答也無妨，學習坦白說愛，向著不那麼遺憾的方向前進——我們，已不再孤單。

——微撩純慾系作家　朝覓覓

在溫柔細膩的文字裡，有著浪漫的相戀，以及失去後的持續等待。書中每段平凡的情感都溫暖而深刻，讓人隨著故事的跌宕起伏找到自我。

——輕鬆甜寵系作者　唯沁

篇章之中，存在相愛的溫柔甜蜜，亦有別離的揪心痛楚。每一份相擁及每一份破碎，被揉進文字裡，成為記憶中的深刻。

——青春純愛系作家　蒔

《倚近》細膩地記錄了生而為人會有的情感流轉與變遷，並以簡短的篇幅闡述了人與人之間的成長與感悟。書中的每個故事都像是一則隱喻，彷彿茫茫人海中的某位熟悉身影，引人深思。閱讀時，您或許能找到內心深處一直在尋找的答案。若想體驗觸動心靈的文字，《倚近》絕對不容錯過。

——讀者　陸壹貳

昨日、今日；此生、來生；相遇、別離……許多愛不得、放不下的情感，藏匿在《倚近》的瑣碎片段裡，或哀慟，或歡愉。故事中的他與她，看似虛幻，卻真實映照著我們晝夜交替的平凡日常與內心裂隙。

微光曦晨，她輕撫枕邊微涼的痕跡，彷彿仍能觸及昨日的溫度；暮色沉黯，他行過燈影與十字街口，試圖從時間的殘影裡尋回舊日時光。那些曾經的曖昧、擦身的剎那、熱烈的摯愛，皆如夢似幻。伸手可及，卻終究無法留存掌心。

時間從不曾眷顧誰，亦未曾為我們停滯。但愛過的人與未竟的故事，塑造了今日的我們。願翻閱此書的你，能在黎漫溫暖的筆觸裡，尋得片刻溫存，找回遺失的悸動，對明日仍有所盼，仍有所冀。祝好。

——書評人　安染

初次接觸黎漫的文字時，被她字裡行間中的細膩和溫柔深深吸引。很開心多年後，再次看到她出版新的故事短集。（歡呼）

我們需要倚近誰呢？是那位讓你徹夜念想的他，還是讓你嚐盡遺憾的她，又或許，是那個愛而不得的自己？也許，從始至終，我們所渴望的，是能更靠近愛，無論多少、只要多一些。而我們卻常常小心翼翼，不敢言明，或是佯裝不在意，使出欲擒故縱的把戲……

就讓黎漫帶領我們一同進入，青春的點滴之中，感受那份曾經在心底的悸動、遺憾與祕密。相信總有一天，你也將倚近你的心之所向，與愛相遇。

——寫實派作者　樂櫻

這是一本關於他和她的故事，作者黎漫將角色名字捨去，卻無意捨去藏在故事裡大大小小的愛戀，可能是和有血緣關係的家人所談的不倫之戀，亦或是各位大多都經歷過純純的學生戀愛，這本《倚近》將這些若有似無的愛刻畫地極為清晰，即使沒有任何名字，仍然可以從字裡行間讀取畫面。

另外，這本書很多篇章都會出現生離死別的場景——意外和明天不知道誰先到？我認為是意外，很難預測，也很容易留下遺憾，就像這本書裡的角色一樣，說消失就消失，說不見就真得不見了，一眨眼就是天人永隔，這邊不得不讚嘆作者的筆觸，相比清楚直接說死亡的字眼，將「等我回來」變為人生最後一句話更讓我感到痛心，這是一句永遠無法實現的諾言，遺留下的人該如何是好？而且如果是即將在一起卻迎來這樣的結局，除了替無法實現將來的他們感到惋惜外，真的愛莫能助。

這不是一本以Happy Ending收尾的故事，更多的是令人心碎的貼切日常，這些他和她的故事或許就存在我們的生活中，那些未知的曖昧將一個又一個的人拉近距離，這些倚近的片段終將成為他們美好的回憶，即使無法白頭到老也無妨，曾經擁有過便足夠三不五時拿出來想念一下，即使是天堂和人間的距離，未來仍然有相聚的可能。

——文字工作者　RuRu Su

每一則短篇故事中，都沒有一定的主角，只有「他」和「她」。

黎漫樸實的文字就如一片蔚藍的海面，看似平靜無波，底下卻是暗濤洶湧；每一個字彷彿都在無聲嘶吼，奮力傾訴著深沉情感下的疼痛。

在這些故事中，希望你也能觸摸到黎漫的堅毅與柔軟。

——書評人　伊比

自序

時光的輪廓

這是一份新年禮物。

二〇二五年一月二十三日下午，我收到了《倚近》的過稿通知。

在停止寫作長達約五年的空轉裡，數不清究竟開啟過這份書稿幾回，難以割捨，卻又沒能安放。

心裡清楚，礙於作品類型，《倚近》的去處有限，或更準確地說，無處可去。它既為一份美好，也無疑是缺憾。

二〇二四年末，一個極為平凡的冬日早晨，我鼓起勇氣，同時懷著忐忑，將《倚近》投遞至秀威出版的信箱。

不知如何形容《倚近》較為貼切。每一則短篇，沒有確切定向的主角，全是代名詞——他和她。不知不覺，我把你、把生活，把目光所及、內心所感，藏入字裡行間。或許還夾雜著，所剩無幾的浪漫。

人們總在痛楚中，確認一些事情的發生，比如活著。而我，試著透過這些故事，告訴你，我仍在呼吸和想你。

二〇一五年，距今十年，亦為我接觸寫作的第一年。記不清，為何在微涼的深秋午後，起心動念。然而，恰是那一念，《倚近》擁有了青澀的雛形。自此之後，我將思緒剖開，拉著你的手，伸進來。你所觸摸到的，可能是我的不堪、我的柔軟，更甚是所有不可言說的孤寂。

至此，我終於帶著《倚近》，來到了你的面前。你眼底映出的，是我浸潤於時光的輪廓。

二〇二五年一月二十四日　黎漫　台北

目錄 Contents

輯一 倚近

靜好歲月，我們倚近彼此的溫柔。

故夢

那裡，有你，有我，有我們，還有幸福。

慢慢喜歡

那不是愛，那只是習慣。因為放不下，選擇伸手承接。

被遺落的人

他沒說自己還愛她，所以希望她向前走、不要回頭。

籠中雀

我被買下了，人是妳的，隨妳玩。

誰的邊岸

他是浪子，總在海上漂泊，即使停靠邊岸，也僅止暫時。

錯過浪漫

錯過浪漫的我，直到此刻，其實還是愛你。

禮物

妳知道嗎?妳是上天賜給我，最好的禮物。

半生界線

在此之前，她以為，孤獨是一生的註解。

來自天堂的吻

細細密密的雨點，很輕、很柔，就像他曾經的吻。

即使你已不在，我仍會記得一切，只為你記得。

故夢

一

即使看不見、聽不到、碰不著，不代表不存在。

二

晚間七點四十三分。

玄關傳來開門聲。她從廚房探出頭，向門口望去——是剛工作完返家的他。

「歡迎回家。」一如既往，她勾起微笑。「晚餐再一下就做好了，你可以先……」

他置若罔聞，自顧地脫去鞋襪、鬆開領帶，徑直地走向臥房。

與他擦身的瞬間，她的笑容僵在臉上。她不明白，他們之間的關係，從何時發生了改變？唯有捏緊圍裙下襬，直至指節泛白。

倘若，半年前沒發生那場意外。

你，願不願意，多看我一眼；願不願意，多聽我一言；願不願意，多碰我一下。你，願不願意——

——對我說，愛。

三

餐桌上，他吃著從超商買回的便當，無視她準備的豐盛佳餚。她安靜乖巧地扒飯，未對他的行為表達任何不滿。

這就是他給予的答案，也是她該承受的結果。無法挽回，亦不能改變。

「我吃飽了。」他望向她。似在對她說，但又不是對她說。

隨後，他獨自收拾碗筷、擦拭桌面，忽略動作溫吞，才用餐到一半的她。

「等我一下嘛。」

她悄聲嘀咕，可他並未理會。

四

當她用完餐，從座位起身，回眸，望見身後的相片。那是一年前，他和她在海邊拍下的合照。

他們曾經擁有親密、彼此相依，如今的關係卻面目全非。

驀地，她想起，他穿過她的那道視線——難道剛才那句「我吃飽了」，其實是在對相片說嗎？

那裡，有你，有我，有我們，還有幸福。

五

她擱下杯盤，放輕腳步踏入兩人的臥房。推開門，只見工作了一整天的他，睏乏地趴在柔軟的米白色床鋪上。她緩緩走近，發現他眼角凝有乾涸的淚痕，她低頭輕吻：「別哭，有我在，我一直都在。」

他睡得很沉，毫無反應。於是，她以指尖輕觸他緊蹙的眉宇，試圖撫平那皺起的凹折。

此刻，他忽然蠕動乾澀的唇瓣，道出細碎的夢囈。

「是我、是我害了妳，否則妳就不會死了……」

六

那一天，是他們交往的第五個平安夜，兩人相約於她的住處慶祝。無奈當日他臨時需要加班，匆忙之中撥打了一通電話向她致歉。

「抱歉，其實我還訂了蛋糕，能麻煩妳去拿嗎？」

「可以。」她聽出他有些焦躁，笑著安撫他的情緒。「你好好工作，別介意。」那說明他有多在乎她，她都知道。

「謝謝，我愛妳。」

猝不及防，他說了那麼一句，走在街道上她險些沒拿穩手機。她紅了臉，兩頰發燙，「你還在上班呢。」

「我不介意所有人都知道。」

「唔。」

她總想說點什麼字句反駁，但張口卻因羞澀而未語。

「記得注意安全，到家發訊息通知我。」

「嗯。」她也想回「愛你」，可是終究說不出口。

七

幾個小時過去，他終於完成工作，準備離開辦公室。當下，他猛然想起，她尚未連繫自己。

他急了，也慌了，兩手胡亂收拾辦公桌上的物品，拎起公事包就往外衝。期間，他不斷撥打電話給她，卻全都轉入了語音信箱。

電梯才剛抵達一樓，他就看到許多人聚集在辦公大樓門口。透過四周斷續的交談，他知曉有人遭到殺害，但他無暇多顧，繼續艱難地擠出人群，因為他只一心想著要回家見她。

他再一次撥打了她的電話。

嘈雜中，他隱約聽見熟悉的手機鈴聲響起，心懷忐忑朝著聲源望去——

那裡，恰為人群和封鎖線圍出的中心，而倒臥血泊的人……

——是他深愛的她。

八

「對不起，都怪我貿然跑去公司找你。」她欲觸摸他垂落的髮絲，指尖卻穿過他的面龐。她慘然而落寞地笑了，鼓起勇氣輕聲對他說：「我愛你。」那句，一直欠你的，我愛你。

九

初秋涼夜，淺眠微醒之際，他彷彿聽見她飄渺虛幻的溫柔耳語。

——「我愛你。」

【完】

慢慢喜歡

一

十七歲那年，她對他的喜歡猶如鳴蟬。
長久沉睡，甦醒。擁抱一整個夏季，最終黯然逝去。
他們從小就是彼此的鄰居，一直在一起，但又沒在一起。

二

每日晨起，是她的期待，亦為落寞。
期待他的到來。他會扯開嗓子，在樓下、在屋外，一聲聲喚著她的名字，好像不怕全世界都聽到似的；落寞他的到來。她聽見他的呼喊，只能微笑、探出窗外，看他腳踏車上載著另一個女孩。

「不要再來了。」一天放學，她刻意冷著臉對他說。
「不行。」他也不生氣，可能是看慣了她皺眉的神情。「這麼多年了，我不能丟下妳不管。」
難道不是已經丟了嗎？當他的腳踏車後座不再只屬於她，對她而言，他就是把她給丟了。

三

幾個月之後，草木枯黃，葉都落下。

那日一早，她沒聽到他的聲音。走出門外，卻是他扶著自行車，後座空蕩。

「上車。」

她不傻，知道那裡空下意味著什麼。沉默，順從地乘上，併腿側坐。

微寒北風拂過整條街道的蕭索。她有點冷，卻不敢開口。只是悄悄地倚近他一些，悄悄地。

「抓好。」他騰出一隻手，指著自己的腰。「等一下要下坡，妳抓好我。」

於是，她試探般地碰了碰他的衣襬，見他沒什麼反應，才放心地從兩側捏住。

隔著幾層衣料，她還是知道，他的體溫很暖、很暖。

四

「你們是什麼關係？」

面對這類的質問，他們一貫的答案都是——鄰居。

在他有女友的時候，他們是鄰居；在他沒女友的時候，他們仍是鄰居。

若要說，這麼多年他們之間什麼沒有改變，也許就是這層關係。

現實中他們擁有的，亦只有這層關係。

五

「分手了？」

她最終仍問了，在他停下腳踏車時。

「分手了。」

「所以？」所以你來載我，是因身後需要有個人，才會安心。以前也是，現在依然。

「沒有所以。」

「為什麼載我？」

他怔了怔，緩緩開口：「因為妳哭了。」

那天，當她說出「不要再來了」，他其實看見了她眼中無形的淚水。

從小就認識，他知道她是個愛哭的人。曾幾何時，她即使悲傷，也不在他面前掉淚，無聲地獨自承受，但他明白她的心在哭泣，而他會心疼、會不捨。

「我不要妳哭。」

「你們分手是因為我嗎？」

他沒有回答，她卻了然。那不是愛，那只是習慣。因為放不下，選擇伸手承接。

六

「我不要妳哭。」他又說了一次，上前抱住她，可是他的淚反而落了下來。

當已分手的前女友向他告白，他接受，事後卻發現自己不愛。不願成為殘忍的人，一次次自以為溫柔，讓所有人都受了傷。

後來他終於坦白，結束了一段關係。想起她的淚，胸口泛出心疼與不捨，他明白，這便是答案。

七

十八歲那年，他對她的喜歡猶如星宿。

光年之外，到來。點亮一整個冬季，最終伴她身側。

他們從小就是彼此的鄰居，一直在一起，後來仍在一起。

【完】

被遺落的人

一

那並非他們初次見面。

青年替她開了門，接過行李，把東西全拎進屋子裡。回眸，她見他神色柔和地說：「妳男友臨時加班，晚點才會回來。」

她點頭，有些忐忑地走入全然陌生的環境。

屋內不是很亂，物品卻也不少。她不知道該將目光聚焦在哪裡，於是選擇望向他。她上下打量他一番，發現他光著赤腳，踩在冰涼的地磚上。

不冷嗎？她想，但沒有問。

二

「吃過飯了嗎？還沒的話，我晚點帶妳去。」他的聲線溫涼，摻雜年少未褪盡的銳利。

他才問完，就聽她肚子發出咕嚕聲。他笑了下，而她羞赧地低下頭。

等她簡單整理好行李、認識各個房間，他攜她至附近一間乾淨的麵館。由於已過了用餐尖峰時段，店裡的客人不是很多，他們順利找到了座位。

「想吃水餃？還是麵食？」他發現她似乎比以前更加安靜。

她放下菜單，仰頭看他。「麻辣乾拌麵。」

他到櫃台點餐，順道付錢結帳。她瞧見之後，隨即從座位起身，走向櫃台，把五枚十元銅板塞進他手裡。

「分開結。」她表示，眼神堅定。

離開麵館後，他帶她繞了另一條路，途經一座大型公園外圍。

「裡面有涼亭或池子嗎？」她問。

他淡淡回答：「都有。」

「我想進去走走。」

「好。」他答應了她。

三

兩人一前一後，踏上長滿青苔的細石步道。薄月從頭頂的葉隙篩透，錯落為大小不一的淺淡光暈。

一陣冷風吹來，她的長裙下襬微微翻飛，起落了孤獨、拂動著憂傷。

他站在原地，無聲地凝望。

過了許久，他終於問她：「妳一個人過得好嗎？」

「還可以。」沒有好與不好，就只是，還可以。

他未再深究，那不合他的作風。

他陪她在公園內走了好一陣子。路過一台自動販賣機時，她停下腳步，往裡面投了幾枚硬幣。掉出一包飼料，她拆封，撒向一旁的水池。魚群幾乎在同一時間全都聚攏至池畔，爭先恐後地撲騰，激起狂烈水花。

「這就是情感的縮影。」她把飼料遞給他。「要餵嗎？」

「不用了。」他聽懂她的暗示。

她瞥向角落幾隻沒搶到乾餌的游魚，蹲下身，注視碧綠的水光。

「總有人會遭到遺落。」

四

他們曾經在一起。

幾年前，他們就讀大學時。

後來不知怎麼的，他從她的男友變成朋友，又從朋友轉為她現任男友的室友。他畢業以後，小他們兩屆的她仍待在學校。等她也畢業，才得知，她不該再愛，以及應該要愛的人，現在依然是彼此的室友。

「妳要過來嗎？」幾週之前，男友聯絡她，「這裡還有空房。」

「好。」她知道，除了見到男友，也會見到他。

——我還愛他嗎？

不，不愛了。她對自己說。

五

今晚，雙方再度重逢，她比他預期中平靜，他則如昔沉默寡言。外貌上，歲月未在彼此身上留下太多痕跡，好像他們不曾分離。

「他不知道我們曾經在一起。」

她看他燃起一根香菸。以前的他不會抽，或許這就是不同。

他察覺她的視線，笑言：「菸癮是當兵時染上的，沒什麼，抽得不多。」

「嗯。」她一次回答了兩句話，沒有多餘的意思。

「別讓他知道，這樣就好。」

她以為他會講什麼，卻是雲淡風輕，猶如他吐出的薄煙，逐漸在空氣中消散。

——彼此的情感存在於記憶就足夠了。

他沒說自己還愛她，所以希望她向前走、不要回頭。
真正被遺落的人，其實一直都是他。

【完】

籠中雀

一

一事無成。

這是他最常收到的評價。

揹上畫具、叼起香菸，他緩緩走向此次委託者的住處。

二

與委託者談妥作品內容、簽完合約，見到她，已是三小時之後的事。

他聽說了她的背景，出生於富裕家庭，卻是第三者的女兒，不被待見。上個月，她出了車禍，為求保命，截去雙足，不良於行。

有人唏噓她的命運、有人嘲笑她的可悲。無論如何，她哪裡都去不了，只能關在房間，當一隻籠中雀。

家中管家同情她的境遇，找來了他——一位稱不上知名的畫家，委託他為她作畫、陪她談心。

三

秋末，天色暗得很快，她的臥室沒有點燈。當他在管家帶領下推門而入，唯見一室的黑，以及在幽冥中，她琉璃般的清透眼珠。

四

打開燈，他望向她，讀出她眼神流露的狠勁，和若有似無的恨意。

他靠近坐在地上的她，不出意外被咬了，甚至見血。管家欲上前攔阻，卻被他擋了下來。

「現在是委託的時間。」

一句話，簡單扼要，隱晦的驅逐。

管家從善如流地退了出去。

五

他甩了甩滲血的右手，輕笑：「妳真善良，沒咬我的慣用手。」

她微微一愣。得知他是左撇子，和她一樣。她瞥向他的左手，隨即又把頭低了下去。

「讓我為妳畫一幅畫吧，只屬於妳。」他蹲在她身前，把畫材平攤於地面。

她沒搭理他，扭過頭，明擺的不屑。

他並不惱，邊翻找畫筆邊說：「妳這樣很好，過的自由一點。別像我，為了生活而苟且。」

六

接下來幾個月，他頻繁出入她的空間。她的態度也從抗拒，逐漸趨於平靜。

她喜歡端詳他的手。那雙手很美，像是藝術品，骨節分明、強勁有力，偶爾沾上顏料，更添幾分鮮活。

某天，當他準備離開，她緩緩爬向他，拉過他的手，捏了捏。察覺到自己的唐突，她驚慌地鬆開，臉微微漲紅，偷看了他一眼。

「我被買下了，人是妳的，隨妳玩。」他也是籠中雀。困在一場交易中，卻甘之如飴。

她忿忿地推開他，「誰要玩。」

「不玩？」他湊上前，學她拉過她的手，貼在自己左胸口。「認真的也行。」

她愣住，感受到掌心下清晰的鼓動。

七

他們之間的交易於半年結束。在那之後，她失去的雙足經常幻痛，導致她夜不能寐。長久以來的心傷更如一場醒不過來的噩夢。

知曉她狀況不好，他總會隔著手機螢幕溫柔的陪她談話。

某一夜，當兩人互道完晚安，她輕輕把臉埋進枕頭，艱難地擠出一句話：「你……現在來找我，好不好？」

那是她第一次主動央求他。

「好，」他答應的同時，已經在穿外套。「窗戶別鎖。」

然而，一晚過去，她沒等到他。

八

一事無成的男人死了，在她家附近。

來找她的途中，他無故遭到思覺失調的精神病患者刺殺。

她還抱雙臂，坐在住家樓頂，凝望晨曦冉冉升起。她的眼底閃耀著微光，無聲而又溼潤。她咬了自己的手背一口，很用力，就像她當初咬他那樣。很疼，真的很疼，但他受住了，還告訴她要自由。

如今，離開的他，終於不再是籠中雀。

九

墜落的瞬間，她展開雙臂，感受涼風陣陣拂過。

——換我來找你了。我們都自由了。

【完】

誰的邊岸

一

她知道，他是浪子，總在海上漂泊，即使停靠邊岸，也僅止是暫時。

二

那日夜裡，她剛洗完澡，頭髮還溼著，便聽到電鈴作響。被迫前去應門，透過貓眼，她望見熟悉的身影。然而，當她把手搭上門把，她猶豫了，不確定該不該打開。

電鈴聲停下，轉變為「砰砰——」的叩門聲。並不粗暴，每一下卻都敲得很重。她不禁擔心，他的手會不會受傷。

她妥協了，把家門拉開。「進來吧。」

「妳果然在家。」

眼前的男人高挑健碩，身上猶帶著些許酒氣和菸味。全是她的熟悉。

「這次回來多久？」

她泡了一杯熱紅茶給他，澀味有點重的那種。他坐在沙發上，皺著眉抿了一口，輕輕放下馬克杯。

「一週左右。」
「嗯。」比以往要長，卻還是很短。「其他人知道嗎？」
「妳指的是誰？」他扯鬆領帶，拽了拽，隨手擱在地上。
她在他身旁坐下，「沒事。」

三

是誰先開始的？
回過神，他柔軟炙燙的舌，已在她口腔中恣意妄為。她被動的承受，偶爾小心翼翼地回應。
她快無法呼吸時，他鬆開了她，露出一抹得逞的笑。
真討厭。她想。可是她迷離的眼，出賣了她——那不是討厭。
「我們……」她輕輕喘著氣，低聲詢問：「一輩子都這樣嗎？」這樣若即若離。
他以指腹摩挲她的下眼瞼，「哪樣？」
「沒事。」當她沒問。
多年以來，他們之間的關係，就是如此。追究似乎早已失去意義。
「妳厭倦了的話，可以不要等我。」他揚起一抹笑，但看不出是什麼情緒，說話口吻冷淡，眼底盡是戚然。
「我從來沒有等你。」她只是沒有離開。
「那就好。」他自知不值得她等待。

四

夜裡，他們背對著背，躺在同一張床上。

他察覺她在顫抖，本以為她會冷，仔細聽才發現那是細弱的啜泣聲。他翻過身，貼近她，湊在她耳邊說：「哭什麼？」

「反正跟你無關。」她悶哼。

「可我聽見了，就不是無關。」他伸出臂膀，將她擁入懷裡。「誰欺負妳了？」

你。她腹誹。「你的手痛嗎？」

「痛？」

「你剛來的時候，一直敲門板。」

他頓了一下，回她：「的確有點痛。」

她抓過他的手，反覆按揉，同時不忘碎唸：「傻子。」為了逼她開門，手段用盡的，傻子。

她也是，始終放不下他的，傻子。

五

一週很快過去。別離之際，她站在玄關看著他繫鞋帶。

「下次什麼時候回來？」

「不知道。」他的語調漫不經心。

於是，她換了問法：「你還會回來嗎？」

他起身，捧住她的臉，溼熱的觸感，在掌下蔓延。

「只要妳在，我就會回來。」

「狡猾……」她嗔道。可是她甩不開這個狡猾的男人，畢竟——

他的表情似笑非笑，「我會趕不上船，該走了。」

「再見。」她別開目光。

「再見了。」

——他是她的哥哥。

六

他知道，她是邊岸，總在原地守候，當他渴望停留，她永遠是唯一。

【完】

錯過浪漫

一

那天同學會結束時，一場傾盆之雨降下。氣溫驟然失去陽光的暖度，漸深的涼意滲入皮膚。

她獨自站在街邊，持著他留給她的傘，無聲目送他走遠。

——我，又錯過了你。

二

當晚舉辦的大學同學會到場人數不多。她入席之後，從旁人的閒聊中得知他不赴約。他們很久沒聯繫了。她之所以參加同學會，其實無意與眾人敘舊，純粹是想見到他。

聚會接近尾聲，她收到一封簡訊，字數不多，來自他：下雨了，有沒有帶傘？

她猶豫片刻，才回覆：沒有。

約莫十分鐘後，她再度收到簡訊，他表示自己在店外。她找了藉口離席，提著肩背包，匆匆出去。

剛踏出店門，他就遞給她一把深藍色的傘，很大、很沉。

「謝謝……」她接過傘。「既然有空，怎麼不進來？」
「我沒有特別想見誰。」除了妳。
她沉默半晌，才又問他：「你最近過得好嗎？」
「普通。」他反問：「妳呢？」
「也很普通。」
他輕輕拍了拍她的頭，「妳沒什麼變。」
大學畢業以來，他們只見過幾面。如今，已是她進入職場的第四年。在他眼裡，她的模樣卻如當年——如他們一起做實驗時，那般青澀。
「你也是。」她望著他，微微彎起唇角。

三

那年她就讀大學二年級，初入實驗室成為專題生，做起事來笨手笨腳，動不動就犯錯。教授沒有多餘的心思照顧她，往往把她交給研究助理，也就是他。
「對不起，耽誤你下班。」她心裡著急，實驗數據仍不如預期。
他替她重新配置藥品，「沒關係，能完成最重要。」
實驗告一段落時，通常過了晚餐時段，他會帶她一起吃飯，再送她回家。久而久之，他們之間若有似無的曖昧。
不過雙方都對此避而不談，當作是心照不宣的祕密。

四

畢業前夕，她偶然得知，他其實有交往多年的女友，且對方在外地讀書。她的思緒亂了，想要確認，卻又不敢。她開始迴避他。他察覺她刻意疏遠，開口詢問，卻總是得到模稜兩可的答覆。

五

畢業當天，她趁實驗室沒人，輕手輕腳地收拾自己的座位。即將整理好時，身後傳來開門聲。她還來不及回頭查看，一雙手臂就環過她腰間，她身前也多了一束鮮花。

「怎麼沒參加典禮，一個人躲在這？」他湊在她耳畔低語。

她隨意搪塞：「你也知道我不喜歡人多的地方。」講完，她試著掙開他。

「那……兩個人，算多嗎？」他不讓，箍得更為用力，話中含笑。

她聽懂他的隱語。

「你已經有女友了，但那不是我。」

「誰說的？」他身軀明顯一僵。

「聽說的。」

他斂下眸光，「妳相信？」

「我不得不信。」她不想成為感情中的第三者。假如無法擁有全部，她寧願一無所有。

他緩緩鬆開她，扳過她的身子，神情認真。「我會和她分手。」

她聽著他間接承認，心裡一陣苦澀。「不用了。」她畢業了，一切到此為止。

六

她捨不得這段過往，沒有刪去他的聯絡資訊，就那樣留著。無奈他猶如藏在皮膚下的瘀痕，表面不會出血，內裡卻隱隱作痛。

說不難過，是騙自己的；說不會哭，也是騙自己的。她曾經很喜歡他，實在難以輕易釋懷，更無法佯裝若無其事。

至此，她一直保持單身。

他捨不得她的離去，總向別人問起她的狀況，暗地裡關切。無奈她像是一去不復返的青春，即使多麼眷念，也無法回到從前。

說不難過，是騙自己的；說不會哭，也是騙自己的。他曾經很喜歡她，可是所有錯在於他，失去她是他咎由自取。

於是，他結束上段戀情。

七

他今天發訊息給她，不抱任何期待。能否收到回覆，都是他必須的承擔。當她出現在他面前，他多想抱一抱她、向她致歉，但他始終沒那麼做，只怕她會再次拒絕。

她收到他傳的訊息，原以為是巧合。能否見他一面，屬於她渺小的盼望。當他出現在她眼前，她多想抱一抱他、與他和好，但她始終沒那麼做，怕是自己一廂情願。

八

此刻，走遠的他已成為過往。

她佇足原地，望著馬路上往來的車輛，耳邊響起的卻是他的笑。他的笑，永遠停留在那年初夏，卻伴隨她度過無數四季。

——錯過浪漫的我，直到此刻，其實還很愛你。

【完】

禮物

一

得知她暈倒、被送至保健室，是一早升旗典禮結束後的事情。

他匆匆趕往保健室探望，孰料裡面已有另一個他坐在那裡。他的腳步頓住，踟躕半晌，終是跨了進去。

「妳還好嗎？」

她不好意思地微笑，「還好，輕微貧血而已。」

「放學之後別去補習了，回家休息吧。」

「沒關係，」她指向身旁的男孩。「他會陪我搭公車一起去。」

他瞥了眼那名男孩，朝她淡淡開口：「不舒服的話，隨時聯絡我。」

「嗯，約好了。」

她向他伸出小指，他也伸出自己的，勾住彼此，晃了晃，再把拇指貼上。這是他們從小養成的默契。

離開保健室以前，他看到男孩湊近她，不知道對她說了什麼，她靦腆地擺擺手，表示「不是」。

他隱約能猜出，男孩大抵在問他和她的關係。

二

幾個禮拜過去，某一晚，他接到她的電話。她細碎的啜泣聲從話筒傳出。

「怎麼了？」他焦急地詢問：「妳現在在哪？」

她抽抽噎噎的哭著，字句變得斷續。「補習班……旁邊的公園。」

「妳待著，」他沉聲安撫她。「我去找妳。」

三

抵達公園時，他一下子就找到她。她的眼淚已經收住，坐在鞦韆上，有一下、沒一下的輕輕盪著，書包被她放在一旁的地面。

他替她撿起書包，撣去塵土碎屑，坐到她隔壁的鞦韆，把她的書包平放在腿上。

「怎麼翹掉補習？」

「……我跟那個人分手了。」

她沒說名字，但他知道是誰。

「他提的？」

她搖搖頭，語露哽咽：「我提的。我發現他其實不喜歡我。」

他感到困惑。「當初不是他向妳告白的嗎？」

「人心是會變的。」她揉了揉哭紅的眼。

他起身，走到她面前，握住她的手腕。「別揉這麼用力，眼睛會受傷。」

「以前他也這麼說。」她呢喃。

他的目光很柔，「以後我會對妳說。」

她彷彿聽出了點什麼，但她不敢細想，也不願探究。

四

後來的日子，他總是默默陪著她，看她走入一段又一段感情，最終皆以失敗告終。

一日夜裡，她縮在沙發角落，抱著膝蓋，頭埋得很低，問他：「你會不會瞧不起我？」

「怎麼會。」他摸摸她的頭，「不要胡思亂想。」

「我可能比較適合一個人。」她抬眼凝睇他。

他沒說話，與她四目相接——妳還有我。

「再過一陣子就是你的生日，」她別開視線，換了話題。「你有特別想要的禮物嗎？」

「生日當天再告訴妳。」

「誒——」她嘟囔：「這樣就來不及準備了。」

「因為不需要準備。」他淺淺地微笑。

五

他生日當天，她為他慶生。他們站在桌邊，點亮蠟燭、唱生日歌。他闔眼許願時，她戳戳他的上手臂：「你還沒告訴我想要什麼禮物。」

吹熄蠟燭之前，他睜開雙眸，緩緩靠近她。「我已經收到了。」

——姊姊，妳知道嗎？妳是上天賜給我，最好的禮物。

【完】

半生界線

一

在此之前，她以為，孤獨是一生的註解。

二

育幼院裡，他獨自坐在角落讀書，而她於院長帶領下走近他。

兩年前，她進行了登記收養，經過層層審核，她終於來到育幼院，見到藉由媒親配對的男孩。

他很沉默，且面無表情，在院長央求下，才向她點點頭，很小聲地打招呼。

「……妳好。」

她其實很緊張，怕被他討厭。「你好。」說話時，她的音調有點跑，朝他伸出的手還輕輕顫抖。

年幼的他不太懂她為何是這樣的神情，只慢慢把自己的小手放上她微涼的掌心。

那是他們初次會面。

三

後續幾個月，她頻繁與他接觸。

多數時候，他很安靜，她則坐在一旁，陪他看書，偶爾說說話。

某天，他問她：「妳會帶我離開這裡嗎？」

「如果你不排斥的話……」她不想勉強他。

「我不知道。」他很迷茫。對於孤兒院，他沒太多留戀，但失去雙親以後，他就一直待在這裡，多少仍有些道不明的依賴。

「沒關係，」她握住他的手，「等你考慮好，再告訴我。」講話的當下，她其實相當忐忑，一旦被他拒絕，她又將回歸原先的狀態，舉目無親。

四

半年後，他答應跟她走，她抱著他，無聲地流淚。

他用外套袖口為她拭去淚水。看到她哭，他心裡難受，覺得自己犯了錯。

她彎著身子，下巴擱在他肩上。「謝謝你，願意成為我的家人。」一滴一滴溫暖的熱淚浸溼了他的衣料。

那日，她牽著他的手，一步步走出育幼院的大門。

五

他逐漸成長，而她為了撫養他，日夜忙碌。

他升上高中那年，某堂國文課的作文題目是「家庭」，並要求他們回家書寫。他遲遲無法動筆，深怕自己寫下實情，容易被師長過問，可能增添她的麻煩。

於是，他說了謊，假裝自己有爸爸、有媽媽，三口之家，一切再普通不過。

殊不知，那篇作文意外被刊登於教室內的佈告欄，舉辦家長會時，她一眼就看到了。

六

家長會結束當晚，她喝了一點啤酒，趴在餐桌上假寐。

他補習回家，發現屋裡很黑。隨手打開燈，以為她睡著，又看到她稍微露出的側頰微紅。他怕她是發燒，伸手觸碰了她的額頭。察覺體溫如常，他才放下心，褪下制服外套，蓋到她身上。

他剛轉身，她就揪住他襯衫一角，他詫異的回眸。

她抬頭看向他，「你是不是希望擁有完整的家庭？」

「……什麼意思？」他沒會意過來。

她鼻頭一酸，沒控制住眼淚。「我讀到你在作文裡寫：你的家庭成員，有父親和母親。」

見她因為他而哭，他慌了手腳。

「對不起……」有太多想對她說的話，最終匯為道歉。

「是我不好，」她捂起眼、撐著大半張臉，手肘抵在桌面。「讓你無法待在正常的環境。」

「不是的。」

他急了，扳過她的肩膀，力道沒拿捏好，弄疼了她。她吃痛地發出「唔」的細吟，他才注意到自己過於粗魯，心裡更加懊悔。

「那為什麼……」

「我不願意別人過問妳的事情。」他一字一句，說出真相：「我喜歡妳、喜歡這個家庭。外界無端的猜忌，或許會使妳困擾，所以我才——」

他話還未講完，她就抱住了他，把臉埋向他胸前。她的淚水又一次弄溼了他的衣衫。如同她牽起他的手的那一天。

「我無法給你完整的家庭，但我們會是永遠的家人。」她對他許下承諾。

從他跟著她踏出育幼院、來到這間住所，他們就成為彼此最初和最後的牽絆。

七

他的出現，令她不再孤獨，也學會了愛；他的陪伴，令她擁有幸福，也得到溫暖。

此去經年，她明白，他是她的半生界線。

【完】

來自天堂的吻

一

那天，她收到一封喜帖，他的朋友要結婚了。

他和她上一回見面，是三年前，具體說過什麼話，早在回憶裡模糊。不過，彼此的不歡而散，倒是印象清晰。

——他們在綿雨中爭執，他推開了她，告訴她，該說再見了、他要走了。

二

他們是高中同學，因為學號相近，課堂上時常被分在同一組。校園生活脫不開互抄作業、共看課本，兩人被迫變得熟悉。

大學入學考試前夕，她在一場模擬測驗中挫敗，接連幾日悶悶不樂。他看她愁眉苦臉的模樣，有點想念她的笑容。一日晚自習，他鬼使神差地靠向她的座位，偷偷吻了她的臉頰。

礙於周圍有許多同學，反應過來時，她只能杏眼圓睜地瞪他，再用力踩他幾腳。他發現自己大概病了，還病得不輕，竟覺得怒目而視的她淘氣可愛。

晚自習結束，他找了一處靜僻的地點向她告白。

她氣呼呼地說：「哪有人先親再告白。」

「那——」他撓撓頭，朝另一邊的臉頰又親一口。「現在已經告白了，補償妳。」

她輕輕搥了他胸口幾下，引得他發笑。

三

後續，兩人交往了好幾年，感情和睦。

然而不知從何時起，他忽然變得陰晴不定，動不動就提分手。她不清楚自己做錯了什麼，經常哭泣，徒令他更為煩躁。

後來，他決定出國工作，而他們多年的感情，也畫上了句點。

他離開的清晨，天空下著溟濛微雨。她紅著眼，站在他面前。「我們為什麼會變成這樣？」

「沒為什麼。」他語調冷漠的回話。

「你討厭我了嗎？」

他沒有答腔。須臾，才低聲說：「我該走了。再見了。」

她最後一次見到他，就那樣，不明不白地草草收場。

四

她不確定是否該參加他朋友的婚禮。擔心如果她與他巧遇，她該以什麼表情面對他。或許，他身邊早有其他人陪著了。不像她，因為放不下他，始終孤身一人，無法走入下一段感情。

五

考量再三，她終究選擇赴約。

婚禮當日，她站在會場外圍，望著賓客來來去去，但沒見到他的身影。直至散場之際，他的朋友，亦即婚禮的新郎，朝她走來，交給她一枚信封袋。袋上署有她的名字，是他的筆跡。

「妳回家再拆。」

她不明所以地點頭應允。

六

回到家，她換下禮服、卸去妝容，站在書桌前，裁開了信封袋。裡面有很多張明信片，厚厚的一整疊，地址填的全是她的住處，他卻半封也沒寄出。

她順著日期逐一閱讀，眼淚不自覺地掉下。

七

他生了重病，得知時，已是末期。他的離開無關就職，而是接受治療。他不敢對她說出實情，怕她難過，只好疏遠她，甚至企盼她恨他一些。

因為他知道，這一走，或許回不來了；這一再見，可能就是永別。

當她收到這些信時，他已不在人間。

八

窗外正在下雨，她沒撐傘，衝入雨幕之中，任那紛落的水珠撲在臉上。細細密密的雨點，很輕、很柔，就像他曾經的吻。

此刻，她感受著他的愛，以及來自天堂的吻。

【完】

輯二
青春邊境

我是浮光，你是掠影。只能踏足於彼此青春的，——邊境。

融入湛藍
所有曾經，猶如一場醒不過來的夢。永遠地，融入湛藍。

結局以後
因為再也碰不到你，祝你早安、午安、晚安。

我好想你
兩條平行線，由於一把傘，撐出了一個圓。

塵埃
人很容易沉淪，但難以清醒。

拂曉
她盼望著他到來。走近彼此，走近愛。

忘了說再見
有些再見，即使不說，仍會到臨。

留白
那裡一無所有。就像，她的心。

花與少年
回憶裡的那個擁抱過於溫暖，她瞭解自己不該為之淪陷。

停留在曾經
多麼想靠近他、再更靠近一點，感受那份屬於他的溫柔。

原來所有再見，其實是，再也不見。
我卻依然在等待。以為總有一天，你會回來。

融入湛藍

一

每年夏季，她總會到那裡，等他。或是天真，或是傻氣，或是執拗，相信著他會回來。

——因為你說過，你會回來。

二

其實她不太擅長游泳，卻親近水。喜歡池水將她包裹，猶似呵護的溫柔。微涼清透的水淌過身軀，帶出體內的憂傷、沉澱瑣碎的記憶。

她漂浮在水面上，望那湛藍穹頂的薄雲，隨後又闔上眼簾，消滅對於光線的覺知。

忽然，有人一把將她從水中撈起，神色慌張。對方是一名少年，髮色偏淺，雙眸呈琥珀色。

見她眨了眨眼，少年的神情柔和了下來。

「我以為妳怎麼了。」他勾起唇角，面頰兩側有淺淺的酒窩。

她瞥見他胸前掛著的橘色哨子，明白他是泳池的救生員。

「漂著而已。」

「不游泳嗎？」他表情困惑。

她輕輕搖頭，「不了。」

那是他們初次對話的結束，因為附近的兒童泳池傳來了哭聲。他放下她，提醒她注意安全，接著很快游走，沒有激起太多水花浮沫。

瀲灩水光在他身上映出淡淡的紋樣——她覺得他像一尾美麗的魚。

三

後來，她依舊天天泡在池子裡，保持那樣的姿態，不怎麼游動。他偶爾會向她搭話，也知曉，不管他如何勸誘，她都不肯學習游泳。

「為什麼不？」他不解。

她沒告訴他，其實她的腳很久以前受傷了，不太能隨意擺動。多年前，一次全家前往海邊的出遊，回程時遭遇了車禍。再度醒來，她獨自躺在純白病床上，身邊沒有其他人。

就只剩下她了。

誰都不在了。

四

八月底，暑假接近尾聲。

某天離開泳池之前，她告訴他，快要開學了，她升上高二課業繁忙，可能不便再到泳池。原本不想說的，覺得那不重要，畢竟彼此稱不上熟悉，就只是互相看著、時而說幾句話，是確切的存在。

不過不得不承認，也有股安心感。

「我明天要到海邊當救生員，妳會想一起去看看嗎？」他問她。

海邊。那裡，潛藏著她的童年回憶，也是關於溫暖的終結。可是她不想拒絕他。倘若不去，今日將是她與他的最後。

「就只是看看……」她聽出自己語調裡的彆扭。

金燦的陽光下，他揚起一抹笑。「嗯，就只看看。」而後，他伸手摸了摸她的頭，她溼軟的髮絲貼在他的掌心，是陌生的觸感，但他相當喜歡。

五

翌日，他們一起前往海邊。

他坐在高腳椅上執勤，維護遊客安全。她則沿著淺灘走逛，偶爾看看貝殼、偶爾看看海水，偶爾——看看他。或許不是偶爾，她可能多看了他幾眼，但就只是看看。

傍晚，他的值班即將結束。天色微靛，雲霧漸濃，似要降雨。浪潮的漲退變得不規則，海水堆疊著激起數層浪，伴隨而來的，是幾聲驚慌的尖叫。

有一名女遊客被困於深水區游不回來，她的親友在岸邊焦急呼救。

見狀，他說：「我去看看。」

「只是看看嗎？」她輕輕扯住他短袖襯衫衣襬。

「妳放心，我會回來。妳在這裡等我。」

他讓她把手慢慢鬆開。

六

那年夏季，他沒有回那裡找她。海水覆沒了他的承諾，起伏了她的念想。

所有曾經，猶如一場醒不過來的夢。

——永遠地，融入湛藍。

【完】

結局以後

一

以前，他們一起看過不少電影。

其中《楚門的世界》裡，有句話她仍深刻記著。

——「假如再也碰不到你，祝你早安、午安、晚安。」

這也是，她現在最想對他說的。

二

上一次他們聯絡的時間點，約莫在半年前。忘了是誰先起的頭，但總歸講了一通電話。最初她還能笑著、裝作若無其事，切斷電話之前，終究是脆弱地掉淚。

即使她哭得壓抑，那一點哽咽他依然明悉。

「在哭？」他問。音調偏低，卻很柔和。

「……沒有。」她吸吸鼻子。「換季過敏。」

從昔至今，他們幾乎沒吵過架，只是聚少離多，久了，便散了。

也許是捨不得，可能是放不下。每隔一段日子，總有一個人會捎訊息、撥電話給對方。

待在不同城市的他們，擁有微妙的時差——四小時。所以，那些問候，往往或是延遲、或是過早。

三

他們就讀同間大學，不同科系，在社團相識。

她對他的印象是淡漠寡言的學長，他對她的記憶為內向怕生的學妹。

怎麼走到一起？又如何分別？

兩者似乎都沒有人刻意提起，彷彿一種純然的默契。

他們慢慢牽起彼此的手，而後又逐漸鬆開。

四

不敢說，愛，抑或，不愛。然而，寂寞時，她偶爾會眷戀他的擁抱、他的體溫、他的氣息。

無法說，想，還是，不想。然而，孤單時，他莫名會思念她的笑容、她的柔軟、她的髮香。

五

分手之後、結局以後，他們成為不再相關的人，才發現——其實還想，其實還愛。

不過所有的想，所有的愛，全都拼湊為最簡短的問候。

——「因為再也碰不到你，祝你早安、午安、晚安。」

【完】

我好想你

一

闔眼，戴上耳機，安靜聆聽。

我真的好想你／在每一個雨季／你選擇遺忘的／是我最不捨的……

春末夏初，梅雨季到臨。

——我好想你。

二

十年前，她還是高中生，平凡二字貫串了她的生活。

日子終歸要過，普通點確實沒什麼不好，但也沒什麼好。因為日子只能過，不會特別。沒有哪一天值得惦念。

直到——

那場午後雷陣雨，她忘了帶傘，佇足於校門口的遮雨棚下方，而他出現在她面前。

「還不回家嗎？」他問。

她搖搖頭，「要等雨小一點。」

「沒帶傘？」

「嗯。」

「我的給妳。」

他笑了笑，把自己的黑傘塞進她手裡，態度和藹可親。

「那你怎麼辦？」她不太安心，想將傘還給他。

「辦公室應該有愛心傘，我回去找。」他說完隨即背過身去。

「老師——」

他頭也沒回地走了，但朝她揮了揮手，要她無須介意。

她默默望著他走遠的背影，等到他徹底消失在視線裡，才打開那把對她而言過大的黑傘，自他的反方向邁步離開。

三

他是物理科的實習老師，很年輕，談吐幽默風趣，入職不久就和學生打成一片，相當受歡迎。

她是不太起眼的學生，存在感稀薄，倒也不怎麼受欺負，因為根本沒人在乎她。

兩條平行線，由於一把傘，撐出了一個圓。

四

她從前沒特別注意授課老師是誰。

對於不擅長的科目，她在課堂上若非睡睡醒醒，就是微微出神。

隔日，當她拿傘還他，聽他笑言：「以後上課聽不懂要說。」她才察覺，他早已發現她平時坐在教室角落，且物理成績慘不忍睹。她的臉有點紅，「我不擅長物理……」也不擅長舉手發問。不過後面那句話她沒說，僅是低著頭。

他明白她應該屬於較為內向的學生。「我通常會在辦公室待到晚上六、七點，妳可以來問。」

她點頭，道了謝。對於他願意出借雨傘的溫柔、樂於課後指導的體貼，心裡不禁有點高興。

——原來，還有人注意到，如此不起眼的我。

五

那天之後，她偶爾會在放學時間找他指導物理習題。

他總是親切地教她，未見半點脾氣。

他們逐漸熟稔，話題也不再僅限物理，參與了彼此的日常。

某日，他買了草莓奶油蛋糕，作為她物理段考進步的獎勵。她高興的捧著蛋糕，表示自己非常喜歡草莓。

他跟著笑，「我女友也很喜歡，看來挑得沒錯。」

那一瞬，她感覺左胸口莫名刺疼。

返家後，她一口一口吞下草莓蛋糕，只嚐出酸，還有一點點鹹，卻沒有甜。

吃完的時候，她瞭解了失戀的滋味。

六

待她畢業，他們仍有聯繫，斷斷續續。

她知道他換過女友，已不是當初的那位。她猜想，或許他的新女友不一定喜歡草莓。不過她不會去問，除非他自己開口。她還是喜歡草莓，也依舊喜歡他，從未改變。

然而，半個月前，她接到他的電話，他的嗓音如過去一樣好聽。

「我要結婚了。」他說：「妳能來參加我的婚禮嗎？」

七

今朝，他結婚了，她沒有出席他的婚禮。一個人，穿著碎花洋裝，搭乘公車，再漫步至最初與他對話的地方。

那天是好天氣，不止雨沒有出現，她明白他亦不會。於是，她倚著圍牆，跟著耳機中播放的歌曲，輕輕哼唱。

紙短情長啊／訴不完當時年少／我的故事還是關於你呀……

她的回憶、她的青春、她的初戀，都關於他。她真的很想念他，可是比起想念，她更希望能

——祝他幸福。

——謝謝你曾陪我走過許多雨季。

【完】

塵埃

一

即使是現在，當她想起他，再面對眼前的文字，仍會陷入惆悵。

——「見了他，她變得很低很低，低到塵埃裡，但她心裡是歡喜的，從塵埃裡開出花來。」

那是張愛玲寫於一張相片背面的短語。

一字一句彷彿在描述她的青春殘跡。

二

她於十六歲的秋季認識他。

那天她到書店買書。結帳時，卻找不到皮夾。由於後方不少顧客在排隊，店員不耐煩地頻頻催促。然而，愈是著急、愈是慌張，她非但沒翻到皮夾，還把整個書包給落了。

他剛好是下一位要結帳的顧客，見她陷入窘境，索性替她付了錢。事後她向他道謝，發現兩人身穿同校的制服，但他高她一個年級。

三

平時上下課搭車，她偶爾會與他相遇。

多數時間，他站著，單手勾住拉環，另一手捧著單字本或其他書籍，專注地閱讀。

除了搭車，他們實際上沒有其他交集，幾乎是她單方面的關注他。

四

十六歲漸入尾聲。結束的前幾日，她於學校操場見到了他。

場面有點糟糕。她不幸被棒球狠狠砸中肩膀，還摔了一跤，兩邊膝蓋不但瘀青，更破皮流血。

幾個投接球的男孩立刻圍上前，他便是其中一人。

「對不起。」他向她致歉。

她搖搖頭，含淚的眼眶泛紅。

「我送妳去保健室。」他背對她屈膝蹲下。「上來，我揹妳。」

「嗯。」她默了默，有點不好意思地趴到他身上。

他輕鬆將她揹起。「妳好輕。」

直至那一刻，彼此才再度有了確切互動。

後來，但凡在走廊上看到她，他總會勾起一抹淺淺的笑作為招呼。

五

她知道校內不乏女孩喜歡他，有同年級，也有不同年級。

其實她不確定自己是否喜歡他，或者純粹將他視為某種憧憬。每當她和他眼神交會，她總會不自覺地率先別開視線。

「如果感到心動，那就是喜歡。」

朋友這麼告訴十七歲的她。

六

本以為他的畢業將成為她單相思的句點，兩人卻在大學裡重逢。

「妳又來當我的學妹了。」他說。

不過並非唯一，她深深明白。大學到處在傳，他和不少女孩交往過，分分合合。高中時她就略有耳聞，但當年的她還過於天真，從沒把此事放在心上。

七

大二期間，她也短暫當過他幾個月的女友。

人很容易沉淪，但難以清醒。只要擁有那麼點溫柔，再多苦澀皆能輕易忽略。

她發現自己無論如何都——忘不了他。

八

他路過她、路過很多人，幾乎不為誰停留。

許多年過去，她再無他的消息，唯有文字隱隱牽動她的記憶——他曾是她年少的歡喜，同為她喜歡的少年。因此，從前的她甘願作為塵埃，哪怕從未開出花來。

【完】

拂曉

一

她盼望著他到來。

走近彼此，走近愛。

二

凌晨三點二十一分。

他們相隔半公尺的距離，倚靠著紅磚牆面。彼此之間寂然無語，細碎風聲變得格外清晰。幾分鐘過去，她朝著凍僵的小手輕輕呵氣，霧白的吐息在觸及掌心時已然失溫。

他單手斜插於大衣口袋，默默地看著她。後來，是他率先開口：「這麼晚出門，不怕被家裡的人罵？」

她掀了掀眼皮，瞥向他。「就要走了，誰會管。」

他陷入沉默，因為擔心她的安危。

「我搭早上七點半的飛機。」

「以前讀大學的時候，是誰說自己英文太差，絕對不會出國？」他忍俊不禁。

她皺眉，「不需要用暗示的。」嗔完，又噘起嘴。

三

半小時前，一通電話，把他從睡夢中吵醒。他脾氣向來很好，也不惱，按下了接聽。

「我想見你。」

從話筒傳出的，是她簡單扼要的央求。

「現在？」他看了眼電子鐘。兩點五十二分。

她回以肯定句：「現在。」

「妳待在家裡，我去找妳。」

「不用，我在外面。」

他原本仍睡意朦朧，聽到她並不在家，一下子就清醒了過來。想著要唸唸她，那該多危險，一個女孩子夜不歸宿。不過他很快又打消念頭，怕她又嫌他古板囉唆或愛生悶氣。

「外面？妳在哪？」

「你家樓下。」

他傻住。

「上來嗎？天氣很冷。」

「不要。」她的口吻像在鬧彆扭。

「為什麼不？」

——因為一旦上樓到你屋裡，太多、太多的溫暖，會讓我想永遠留在你身邊。我將哪裡都不去，再也走不了。

她安靜片刻之後，只回：「你如果不下來，我要走了。」

「……等我五分鐘。」

四

於是，他們見面了。

「我離開之後……」她頓了頓，沒有把句子講完。

——你會想念我嗎？

因為即使問了，得到她想要的答案，那不代表什麼，也做不了什麼。

「妳離開之後，」他把臉偏向她，「我就真的是一個人了。」

聞言，她笑了下，「就算我沒走，你也一直是一個人，不是嗎？」

他緩緩把臉轉回正前方，仰頭。

「或許是吧。」

五

相識十幾年，他們從沒交往過，只是走得很近。身邊不少人以為兩人在一起，實際上卻沒有。

不過有什麼事情，他們總會第一個想起對方。哪怕只是在超市買牙刷，也會順道幫對方帶一支。

上個月，當他聽說她因升遷而需出國就職，眼底雖起伏著波瀾，口吻終是平淡。

「恭喜妳。」

那時她窩在他家沙發，喝了一點酒，印象中是蘋果白蘭地，她的臉頰醺然泛紅。

「都不挽留嗎？」她對於他的道賀不大高興。

他笑著說她喝醉了，該睡一下，遞出了一條毛毯給她。

我挽留妳，妳就真的不走嗎？望著她蜷在沙發上的小小身影，他的心情十分複雜。

他們始終陪在對方身邊，所有悲喜皆共同承擔。

可是。

沒有可是。

六

「怎麼忽然過來？」他問：「妳只要通知我，我就會去機場送妳。」

「那不一樣。」她斂下眼眸，又說了一次。「那是，不一樣的。」任性也好、寂寞也罷，她只是很想見到他、現在就想見到他，等不到那個時候。

他走到她面前，輕輕撫了撫她的頭頂。

「這是在挽留我嗎？」

那天喝了酒，她的記憶有點模糊，不清楚自己說過什麼，但他全都記得，知道她問了相似的話。

他勾起唇角，沒有接腔。

「算了，」她直接把臉埋向他的胸膛。「不問了。」她瞭解他就是這樣的人，他的溫柔其實是殘忍。

他拍拍她的背，感覺到她雙肩輕顫，明白她在哭。

「冷嗎？」他故意這麼問，並不揭穿。

「嗯……」

他解下自己的圍巾，繞過她後頸。

「出國之後，記得照顧好身體。」

七

拂曉之際，別時到臨。

在機場大廳裡，最後的最後，她背過身以前，殘餘的那麼點執拗，讓她仍是問：「你為什麼不肯挽留我？」

他上前，抱了抱她，臉上還是那抹笑，但眼眶微紅。

——因為一旦挽留妳在這裡，太多、太多的愛，會讓我想永遠陪在妳身邊。使妳哪裡都不去，再也走不了。

八

他目送著她離開。

錯過彼此，錯過愛。

【完】

忘了說再見

一

那段日子，她總是哭，因為他的離開。

二

他是她們家聘僱的司機，從她才讀幼兒園就負責接她上下學。她的父母長年不在家，他順道照顧了她的生活起居。比起司機，他更像她真正的家人。他年長她十八歲。當他們一起出門，常有人誤會他是年輕的爸爸。

「他才不是我爸爸。」

聽她氣鼓鼓的對外解釋，他微微一頓，內心莫名刺痛。可是她的下一句，又令他唇角輕揚。

「我最喜歡叔叔了。我長大以後要跟他結婚。」

童言童語。他想，卻也是甜。

三

中學時期，隨著她的成長，他適度與她保持距離。

「為什麼不能抱抱？」她窩在沙發角落，不滿地瞅他，眼眶泛紅，好似受到莫大委屈。

「妳長大了。」他輕揉她的頭。

她噘嘴，鬧起彆扭。「那我不要長大了。」

妳還說長大以後要跟我結婚呢。他在心裡笑，沒有講出口。「別哭。」他上前，摟了摟她，又很快鬆手。「我該去工作了。」

四

後來，他有了對象，她比誰都不高興，將近整整一個月不和他說話。

他察覺，相較於女友的小脾氣，她不理他，竟讓他更為難受。那一點微妙的心思著實不妥，他明白不該繼續，各方面皆然。

一日夜裡，他接她從補習班回家。在某個紅燈前方停下時，他說：「我跟女友分手了。」

她蹙眉，「為什麼？」

因為妳。他沒有回應，只是抬頭，從後照鏡望了她一眼，才發現，她也在注視著他。

一些未竟的話語，其實是心照不宣。

五

當她進入大學就讀，他無須再接送她，她的父母找他談話，對他長年的陪伴表達感謝，但也是時候與他道別。

這其實是遲早的事。他最初就知曉。然而實際面對分離，那份不捨，卻掐著心臟，疼痛難忍。

六

他最後一次送她回家，時間很晚，是她參加了大學舉辦的舞會活動。她在後座睡得很沉，絲毫不知幽暗中，有雙悲傷的眼眸，深情地凝視著她。

「到家了。」

抵達時，他輕聲喚她。

「嗯……」她還想睡，眨眨眸子，又閉起。

他沒辦法，解開安全帶，下車，揭開後座車門。「起來了。」他拍拍她的肩。

「再一下。」

她軟軟地開口，像是知道怎麼讓他屈服。

「不要撒嬌。」

語到此處，他有些哽咽，近乎掉下淚來。原來，他的脆弱是她，他的堅強也是她，而他終將失去，失去一切。

她「唔……」一聲，嘟嘴，伸手勾住他的後頸。他一時重心不穩，跌在她柔軟的身上。

他慌忙爬起，深怕壓疼了她。未料她竟是輕輕笑著，像個做壞事得逞的孩子。

「妳——」

她湊上前，貼上他溫涼的唇，又驟然分開。

「晚安。」

他來不及反應，她已溜出車外，快步奔回屋裡。他摸了摸唇上殘留的觸感，如真似幻。

妳知道嗎？我還沒對妳說喜歡，也還沒對妳……說再見。既然不能說，就當是他忘了吧。忘了說喜歡、忘了說再見。

七

那天以後，她再沒見過他。

他從她的日常裡，徹底消失。

有些再見，即使不說，仍會到臨。有些再見，即使沒說，卻是再也不見。

【完】

留白

一

她望著刷有白色油漆卻空蕩蕩的牆面。

那裡一無所有。就像，她的心。

二

同居之前，他笑著對她說：「我們一起去挑傢俱跟擺飾吧。」

「嗯，我想要一張雙人沙發，還要很多很多櫃子。」她握住他的手，左右晃了晃。

他一下就答應：「好啊。」

「裝飾的話——」她偏著頭，托腮想了想，「果然牆壁上還是掛你的作品比較好。」

「看不膩？」

她搖頭，「若是膩了，就不會跟你在一起了。」

他是位年輕的藝術家，稱不上有名，頂多同業的一些人聽過他。他曾多次婉拒她的表白，深怕自己給不了她想要的生活，直到她眼角凝著淚，告訴他，有他才是她想要的生活，他們終於真真正正在一起。

轉眼，也過了五年。上個月，他們討論要同居。

三

挑選傢俱的過程，她發現他在燈飾區流連。

「有喜歡的嗎？」

他看她，眼尾含笑，「有。」他很喜歡她。

她隱約察覺他的暗示，耳朵微微發燙。他隨即又言：「妳怕黑又怕鬼，可以多買幾盞備著。」

「寧可信其有嘛。」她嘟囔。

「我以前確實什麼都不信——」他牽起她的手，「但現在，我信了。」那些輕狂的歲月裡，他也曾是個桀驁不遜的少年，直到遇見了她，他才學會柔軟、學會相信。

四

上週，他們購買的傢俱大致送齊，已可著手佈置新居。然而他前陣子剛接下一單藝文展覽的場佈，總是忙碌，能待在家裡的時間不多。

「沒關係，你忙。忙完記得休息。新家我會好好佈置，等你回來。」夜裡，她怕他太累，在電話中叮囑。

「抱歉……」他疲憊的嗓音裡，透著渴望陪在她身側的壓抑。

「你也是為了『我們』在努力，不是嗎？」她並非完全不介意他的缺席，可是她更不想成為他的顧慮。

「我愛妳。」他的唇貼著話筒，低聲訴說。

「我……」她有點記不清，以前為何擁有不斷向他表白的勇氣，此刻要擠出一句愛，竟是這般困難。

片刻之後，她聽到他笑，因為他知道她不擅長說愛。

然而，那是她最後一次和他通話。

五

那一晚，他沒有回家。

她獨自窩在雙人床上，睡不著，很是擔心。

半夜，她的手機響起，她以為是他，連忙接聽，傳出的卻是陌生的聲音。

幾分鐘後，她掛斷了電話，滿眼是淚。

他走了。

返家途中，他遇上了車禍。就那樣，走了。永遠地離開。沒有原委，像是一種必然。

那一瞬，她忽然不怕黑，也不怕鬼，什麼都不信了。此後每一夜就寢，更把家中所有燈盞，通通滅熄。

六

刷有白色油漆卻空蕩蕩的牆面無法擺置任何物品。

就像她的心，再也裝不進其他人。

只能，一輩子為他留白。

【完】

花與少年

一

今年生日，她又收到了一束玫瑰。

寄送者沒有署名，但她心裡明白是誰。

二

「打擾了。」

聽到保健室的門被有些粗暴地拉開，配上那聲不太情願的「打擾了」，她不需要回頭，就知道來的學生是那名少年。

「又打架了？」

「嗯。」他悶聲回應，拖著步伐走向她，找了一張板凳，很隨意地坐下。

少年身形高挑、相貌清俊。單眼皮，鼻梁高挺，薄唇色淺、緊抿一線。他好看的眉宇總是深鎖，皺起他擁有的青春煩憂。

「過來一點。」她要求他稍微前傾，讓她檢視傷口。

他沒有答腔，但聽話地靠前。偶爾她覺得他像一頭順服的獅子，但也只是，偶爾。

她用生理食鹽水幫他清洗傷處，再以棉棒沾取藥膏塗抹，最終用紗布和繃帶包紮。

待處理完畢，她故意低下頭，輕戳紗布的表面。「別再受傷了。」她總是輕聲勸告，但也知曉他不會搭理。估計幾天之後，他又會帶著傷來找她。

她沒注意到的是，少年凝視著她的深邃目光，很柔很柔。

——受傷也沒關係，因為妳會為我包紮。

三

其實那些日子，她過得並不好，丈夫外遇，母親罹癌住院。

她總是想哭，然而面對眼前受傷的學生，她深知自己必須堅強，只能笑，縱使逞強。

某天，下班返家的路上，她的腳步沉重，根本不願回去那已然失溫的地方。索性，她拐了個彎，踏上截然相反的方向，說是叛逆也好，她想轉換心情，到處晃晃。

偶然經過一間花店，花卉的清香令她佇足。定睛往店裡看了看，竟是那名熟悉的少年。他站在櫃檯內，握著一支淡粉的玫瑰，輕輕擺弄。她望著表情柔和的他，愣在了原地。

直到對方朝她走來，推開店門，喚了聲「老師」，她才回神。

「買花嗎？」他問，口氣像不認識她一樣。

晚點若要探望住院的母親，帶上花束確實合適。於是她問：「嗯，有推薦的嗎？」

「我手上這束做完送妳。」他的聲音沒什麼起伏。

「可是——」

他不等她的可是，又繼續說：「沒賣掉也是浪費。」

那日以後，他們不止在保健室碰面。她探望母親之前，不時會繞個路，到他家的花店買花。

四

半年後的夏季傍晚，他又因負傷讓她包紮，但他離開保健室時，不慎把手機給忘了。她想著他遲早會發現回去取，便未將他的手機送至失物招領處。不料她才把他的手機放入辦公桌抽屜、還來不及闔上，就讀到螢幕浮出一條訊息通知，得知有人打算對他不利。

雖然為人包紮是她的工作，也已習慣不時見到他的到來，但她其實不想他頻繁受傷，希望他好好的、安然生活。

實在放心不下，她小跑著前往訊息中提及的地點。

學校後門附近的停車場一片安靜。當她剛鬆了一口氣，就見他出現在停車場入口。

「你——」

她話還沒說完，幾位手持棍棒的人忽然悉數從周圍的遮蔽物走出。少年「呿」了一聲，目光冷冽地握起雙拳。他淡淡掃了她一眼，「妳快走。」

「不行……」她固然害怕，仍不願丟下他。

「叫妳走，就走。」他的口吻變得焦躁。

可能是被他兇，或者長久的壓抑倏忽潰決，在他叫她走的那一瞬，她的眼淚奪眶而出。

她蹲在地上尖叫和哭泣，引起了街坊鄰居的關注。原本要對少年施暴的人群眼看情勢不對，碎了嘴，紛紛快步離開。

等到人群散去，他緩緩走向她，笨拙地用衣袖為她拭淚。她也想止住滑落的淚珠，但怎麼都停不下，斷線似的愈掉愈兇。

「對不起。」他不知如何是好，唯有把她按進懷裡。「對不起。老師，妳別哭了。」

五

兩個月過去，她經歷許多事情。其中最煎熬的，莫過於離婚協議，以及母親的葬禮。

即使體內的臟器都還完好，她仍覺得自己被徹底掏空。

她只想遠離一切。

六

他得知她遞交辭呈，且確定離校，已是她動身前一日。

早晨升旗朝會，校長站在演講台中央，感謝她多年來對在校生的照顧。

無數次，他克制衝上台的魯莽，想問她為什麼要走。然而，他視線所對上的，盡是她歉然又涼薄的神色。

回憶裡，他的擁抱過於溫暖，但她不該為之淪陷。

七

朝會結束，他闖入保健室，目睹她在收拾私人物品。他不顧一切，衝上前，將她按在藥櫃上，狠狠索吻。他的初吻，味道有點鹹，分不清，是因為她，或是自己。

氣息紊亂之間，他啞著嗓子對她說：「告訴我，妳要去哪裡？」任性，又霸道，和他外表有些不符。

她慘然地扯出一抹笑，「告訴你，就不算真正離開了吧。」

「那至少——」他想了想，「告訴我妳的生日。」

「生日？」她不解。不過還是附上他耳畔，細聲訴說。

八

到了新學校就職後的每年生日，她都會收到一束玫瑰。

來自——她珍惜的、但已然失去的，少年。

曾經，她最親愛的，花與少年。

【完】

停留在曾經

一

他第一次見到她，地點在店面後方的廢棄物回收處。她看起來年僅十三、四歲，安安靜靜地蹲在地上，撐著兩頰，若有所思。聽到腳步聲，她抬頭，彼此的視線交會。

望著她四肢散佈著大大小小的傷，一股道不明的情緒在他胸口如漣漪漾開。

「進來吧。」他指向後門。「我拿藥給妳。」

她動了動嘴唇，但沒發出聲音。她漆黑的眼珠像兩枚布偶上的紐扣，映出他消瘦又修長的身影。

二

那是一間酒吧，非營業時段，並無任何客人，僅有他和她。

他沒有過問她怎麼受傷的、為何沒去學校，無聲而又俐落地為她消毒、塗藥。

過程中，她偶爾蹙眉，眼眶有一點紅，但倔強地沒掉下眼淚。

第一次的相遇，在一片沉寂中結束。

三

後來，她偶爾會在後門附近徘徊。若看到他出來，她又匆忙躲起，或者假裝路過。他早就發現了她，卻從未揭穿，背過身、揚起唇。

這樣目光的追逐，像一場遊戲，相互拉鋸。

四

幾個月後，寒冷的冬夜，店裡熱鬧喧囂。

他在吧檯內沉默的調著酒，隱約聽到後門傳進些許動靜。走出一看，竟是她在和一名中年男子拉扯。他想也沒想，走上前，直接把兩人分開，又將她護在身後。

「別在我這裡胡鬧，你如果不肯離開，我立刻報警。」他本來還欲多說些什麼，但她輕輕扯了扯他的衣襬，搖頭示意：夠了。

他帶著她進入店裡的員工休息室，讓她坐上柔軟的酒紅色沙發椅上，倒了一杯溫開水給她。

「謝謝。」

這是她對他說的第一句話，聲音比他想像中沙啞，帶著一點顆粒感，卻柔軟好聽。

「那是誰？」他忍不住問。

她咬了咬下唇，直到唇緣泛白，她才緩緩鬆開。

「那是我爸爸。」

五

他們初見面那天，她的父母辦理離婚，而她翹課了。其實是不意外的結局，但她仍覺得心口悶得慌，想發洩又無處釋放，只好當了一回所謂的壞學生。

他的幫助，是她沒預想過的。想向他道謝，遲遲說不出口，總是遠遠地佇足觀望，從沒勇氣走近敲門。

她本來很怕男人，她的母親亦然。她們身上所有的傷，全出於父親之手。可她之於母親，除了血脈相連，更是累贅。有她，母親就無法開始新生活。所以她無疑被拋下了，繼續留在那個家。同樣是男人，他寬厚的掌有力而溫暖，不帶傷害和戾氣。她多麼想靠近他、再更靠近一點，感受那份屬於他的溫柔。

六

「妳以後如果不想回家，可以來這裡。」他給不了她任何東西，但能賦予她庇護之所。

她當下沒多作回應，日後卻天天往他那兒跑。這一跑，不知不覺，就是五年。

七

她十八歲生日那天，他們一起唱了生日歌，她許願——把一切交給他。

「妳確定嗎？」他注視著她，「我不想摧毀你的人生。」

他已是半老的男人。輕易奪走她的青春一事，他實在為她感到不值。愛她嗎？他愛。然而，情感一旦付出，就收不回了。他怕她哪天後悔，承受不住的，或許將是他。

「確定。」她的眼神無比堅定。

八

日後，她上了大學，往店裡跑的日子減少了。他知道她忙、年輕人需要自由，因此不曾過問。

某天晚上，他在商店街閒逛。經過一家甜點店，看到巧克力蛋糕，知道她喜歡，他毫不猶豫地買了一塊。走出店門，他恰望見她在對街，但朝她揮手之前，他的手臂頹然垂落。

他看到，她挽著一名男孩的手，有說有笑。

九

「蛋糕，送給妳的。」

「是巧克力口味，」她打開蛋糕盒，綻開笑容。「我最喜歡了。」她注意到蛋糕有些塌陷，「不過怎麼破破爛爛的？」

「摔到地上，撞凹了。」就像他的心。

「噢……」她沒放心上，用叉子一小口、一小口吃著。

有些巧克力沾上她的唇角，他伸舌，湊近，輕輕舔舐，甜膩的滋味在嘴裡化開，像她一樣可口。

「我恐怕要摧毀妳了。」他低喃。

十

那一夜，她坦承自己交了男友，酒吧碎了幾十個酒杯；隔一天，她被人發現暈厥在地，而他胸口插了一把刀。

——我始終捨不得摧毀妳，只好親手摧毀我自己。讓我的心跳，停留在曾經。

【完】

輯三
習慣失去

不想承認你是唯一。因為失去，形同一無所有。

冬日幻覺

只要妳需要我，我就不會離妳而去、消失不見。

十年一刻

很久以前，他就明白，她是一顆裹著糖衣的毒藥。

寂寞年歲

他的靈魂，就像那些紙飛機，得到了自由。

起風了

翻飛的書頁，起落年少記憶。他們將要離開這裡。

請找到我

當她初次出現在他的鏡頭前，那麼一眼，就是一生。

煙花那麼涼

愛她，是他埋藏於青春，最深的秘密。

沉溺

他的溫柔，往往若有似無，但又恰如其分。

只想聽你說

在沒人的地方，她總會踮起腳，輕吻他的側頰。

末班車

妳忘了嗎?這是末班車，我回不去了。妳得收留我。

然而，我似乎已經逐漸習慣，一無所有的，生活。

冬日幻覺

一

十四歲那年，他是她的青春祕密。

情竇初開的年紀，班裡的女孩總愛討論——誰暗戀誰、哪個明星帥氣。她時常在心裡笑：她們仰慕的對象，怎麼比得過他。她不禁有一絲得意。

不過，他是她的祕密。她不會對任何人說。

二

十二月，一場全校朝會，她又上台領獎。從小到大，她不乏被誇聰明，各種大大小小的競賽，她只要參加，幾乎不會空手而歸。而且十四歲的她，已經高二，越級學習。

領獎時，她本面無表情，望見台下的他為她鼓掌、對她微笑，她才跟著勾起唇角。真好。她想。只要有他，她就不會寂寞。

「恭喜妳。」

朝會結束，他來到她的班級，靠在窗檯對她說。

「小事而已。」她其實很高興他來，卻裝作毫不在意。

「放學後請妳吃甜點，要嗎？」

聽到甜點，她的眼睛立刻亮了。「好，我要。」

「那麼，放學後見。」

三

在甜點店，她猶豫要點巧克力舒芙蕾，還是當季的草莓煉乳鬆餅。他捏捏她的鼻尖，「貪吃鬼，都點吧。我們分著吃。」

她不好意思地捂著鼻子，「你、你明明也想吃啊。」

結完帳，在雙人座等待送餐期間，她看了看四周。除了他們之外，店裡還有好幾對情侶。不過他們不是情侶，只是形式上，容易被稱作情侶。

「我們是什麼關係呀？」她問他，雙眼瞇成月牙。

他把問題回拋給她，「妳認為呢？」

「在情侶之上的關係。」她在桌下輕輕蹬腳，還偷碰了一下他的小腿。

「那我們就是情侶之上的關係。」

他任由她鬧，未見半點脾氣。

四

吃完甜點，他送她回家。路途中，他發現她會冷，解下自己的圍巾，替她圍上。

「別感冒了，小笨蛋。」

他年長她三歲，總是體貼細心。

「那你呢？」她攏了攏圍巾，把下巴埋進去。圍巾裡還殘留著他的體溫。

「有妳，我就不會冷。」

那條圍巾的花紋，她很熟悉，因為是她去年織給他的聖誕禮物。一年了，他還好好收著她送的圍巾、戴在身上。她覺得暖起來的，不僅是脖子，猶有她的心。

「我愛你。」她勾住他的臂彎，用臉頰蹭了蹭。

看見她撒嬌，他揉了揉她的小腦袋。「我也愛妳。」

「你不能離我而去、消失不見。」

「我不會。」他輕吻她的眉心，「只要妳需要我，我就不會離妳而去、消失不見。」

五

當他們在她住處的大門口相擁道別，她的母親走了過來。

她嚇了一跳，匆匆鬆手，深怕被母親指責。不過母親並沒罵她，笑了笑，問她：「怎麼這麼晚回家？」

「我去吃甜點。」她兩隻手無措地扭在一起，瞄了身旁的他一眼。

「吃甜點沒關係，但等會不能不吃晚餐。」

她點點頭，「好。」

母親注意到她脖子上的圍巾，「妳去年不是說要拿去送人嗎？怎麼還在妳這？」

「今天有點冷，那個人借我的。」她朝他甜甜一笑。

「妳在看誰？」

母親順著她的視線望去，那裡空空如也。

「沒什麼，」她抱了抱母親，「我們進屋吧。」講完，她悄悄回頭，用口型無聲對他說——

明天見。

六

十四歲那年，他是她的冬日幻覺。

【完】

十年一刻

一

很久以前，他就明白，她是一顆裹著糖衣的毒藥。

二

「起床了。」他站在床邊叫她，有點無奈。

她的睡姿一貫很糟，表情倒是相當可愛。她捲著被子、一臉天真，嘴角似乎還沾了點口水。

「再一下，再五分鐘就好。」她咕噥，聲音含含糊糊。

他嘆了一口氣，「十分鐘前妳也這麼說。」

「我好睏，今天不想上學了。」她直接耍賴。

「胡鬧。」他伸手拍了下她的小屁股，力道很輕，深怕真的傷到她。

「唔……」她掙扎著起身，「壞人。」

他既好氣又好笑，「快點，不然會遲到。」

三

「不要邊打瞌睡、邊吃早餐。」他放下晨報，捏捏她的臉頰。

「都怪某人一早不肯讓我好好休息。」她嘟嘴。

他臉一紅，「不要講這種容易讓人誤會的話。」

「誤會什麼？」她咬著吐司，滿眼困惑。

他輕咳一聲，重新拿起晨報。剛才那句當他沒說。

出門前，他看著她的裙襬，忍不住皺眉。「妳的校裙是不是太短了？」

「你是教官嗎？還是糾察隊？囉哩叭唆的。」她瞪了眼前的老古板。

「我怕妳會走光。」

未料她聽完竟是狡黠一笑，在他反應過來之前，她撩起了自己的裙襬。

「妳——」他氣急，還沒想好怎麼說教，就見她咯咯輕笑。

「我有穿安全褲。」

「真是……」

他感到頭疼，又拿眼前的小淘氣毫無辦法。

四

她的母親在十年前辭世，而他從此擔下撫養她的責任。望著她一天天成長，他為之欣慰，卻也感慨——總有一天，她會拋下他，離開這個家。

「我走嘍。」她穿好鞋子。

「去哪？」他忽然緊張。

她一臉錯愕，「……上學呀。」

「抱歉，」他尷尬地撓頭，「我騎車送妳吧。妳快遲到了。」

他知道，如果不趕時間，她肯定會拒絕，認為被他載很幼稚，而且無法與沿途巧遇的同學談天說笑。

她看了看手錶，的確因為她賴床，距離七點半只剩十分鐘，若不讓他載，十之八九會遲到。

「嗯，」她選擇妥協。「你載我吧。」

五

他騎車的速度不快，非常平穩。她的雙手環在他腰間，整個人趴在他身上，像一隻黏人的無尾熊，還昏昏欲睡。

「別滑下去。」他扣住她一隻手，微微使勁。

她悶哼，「喂，你弄疼我了。」

「都說了，不要說些容易讓人誤會的話。」他覺得自己遲早會被她逼瘋。

「你真是有病。」她嗔他。

抵達學校附近，她在下車時輕叫了一聲：「慘了。」

「怎麼了？」他不禁緊張起來。

她癟嘴，「我忘了帶體育服。」

他放下心，拍拍她的小腦袋。「小迷糊，我回家替妳拿。早自習結束記得來校門口。」

「好耶，你最好了。」她綻開笑容，露出兩顆小虎牙。

「快進去吧，要敲鐘了。等會見。」

「嗯，等會見。」

她朝他揮手，蹦蹦跳跳地跑遠。

六

騎車返家的路上，他背上已經沒那份重量。那份，甜蜜的重量。

大家常說，女兒是上輩子的情人，就當他確實欠了她，他這一生來還了。

七

不過，如果可以，他希望下一世也——

一直以來，他都深知，她是一顆裹著糖衣的毒藥。

【完】

寂寞年歲

一

隔壁屋子空蕩蕩的，誰也不在。

三年前，那裡住著溫柔的他、她最愛的他。

二

他們是鄰居，居住在同棟公寓、同一層樓，他比她年長三歲。她隱約知道，他的家裡似乎管得很嚴。每當她經過，屋內總會傳出粗暴的打罵聲。

在她十三歲的秋季，一日放學，她看到他在一樓的庭院堆了枯葉生火。走近一瞧，一起燃燒的，還有課本和測驗紙。她不敢吭聲，默默地凝視橙紅的焰火。

「我在烤蕃薯，妳要吃嗎？」他口吻平淡。

「嗯……」她不知道如何回應，只能點點頭。接著，她偷偷瞥他，瞧見他脖子上有傷，一整片的紅腫瘀青，光看著就疼。

他察覺她的視線，用手掌遮了遮。「這沒什麼。」

她翻出自己書包裡的ＯＫ繃，遞給他。
他微愣，揚起好看的笑。「謝謝妳。」
後來，他們一起分吃了蕃薯；晚間，她感覺隔壁的動靜比往常都大。

三

她十四歲的某個春天早晨，恰是週末，她不用上學。走出屋外，準備到樓下領羊奶，卻見他趴在欄杆上摺紙飛機，一架又一架，朝著蔚藍的青空擲出。
「早安。」她對他說。
「早安。」他回。他的目光從手裡的紙飛機，落到她身上。
畢竟只打算領個羊奶，她穿的很隨意，基本上是睡衣，腳底還踩著一雙小花涼鞋。她被他盯得不自在，紅了臉，想躲回屋裡。
一陣風吹來，幾張他用來做紙飛機的白紙飛落至她腳邊。她拾起一看，赫然發現那些皆為考卷，各張都是接近滿分的分數。
當她把考卷交還至他手中，她彷彿讀到他眼底閃過一瞬的落寞。
「你可以教我化學嗎？」她忽然想到，昨晚有些習題解不開。
「如果妳需要，而且我答得出來。」說著，他直接把考卷揉成一團，捏在手裡。

那天起，他們的互動變多了，雖然多半是她問他課題。

四

街坊鄰居常在傳，他很優秀，遲早會離開這個小地方到外縣市求學。她向他問起這件事，他沒多說什麼，只讓她專心寫作業，不要分神。

大學升學考試成績公佈的清晨，他發了訊息給她，邀她陪他一起看結果。她睡眼惺忪地走出家門，腦袋還沒轉過來，他就出現在她面前，又緊緊地抱住了她，迫使她快速清醒。

「什、什麼？」

「抱歉，我剛才先偷看了。」

「結果還好嗎？」她被他摟著，緊張不已。講話時，還咬到了自己的舌頭。

「嗯，」他低下頭，把下巴擱在她頸間，蹭了一下。「我的任務結束了。」

由於他過於親暱的動作，她已無暇思考那句話背後的意涵，只赧然地附和著：「還好就好。」

隔天，公寓樓下滿是圍觀人潮，以及消防員和警察。他渾身是血地倒臥在地，臉上卻掛著釋然的笑容。

他的靈魂，就像那些紙飛機，得到了自由。

五

三年前，他給了父母交代，毅然結束生命；三年後，她懂得他的決絕，依然思念著他。

她相信，遠方的他，將會重獲新生——然而她是個念舊的人，久久陷在回憶裡，獨自度過寂寞年歲。

【完】

起風了

一

起風了。

翻飛的書頁起落年少記憶。

他們將要離開這裡。

二

在禮堂後台，他見到了她。

「我們的畢業致詞代表今天真優雅。」

分明是褒獎的詞彙，由他口中說出，聽起來卻與揶揄無異。她皺皺眉，回他：「謝謝親愛的學生會長。」

他注視著她。她今天盤起了長髮，依然穿著制服，但相較平日更為整齊，胸前還別了一朵淡雅的粉色花朵。他往下看，她膝上百褶裙的褶皺也燙得服服貼貼，和她做事態度一樣，一板一眼。

「裙子翹起來了。」

「咦？」她乍聽就慌了，急忙低頭查看。

他笑出聲：「騙妳的，小傻子。」

「妳──」她想給他一記小拳拳，但再過幾分鐘就輪到她上台，她告訴自己別和他計較、要平靜下來。

「這麼緊張？」他看她在呼吸調息。

「一點也不緊張。」她瞅他。

他朝她招招手，示意她靠近一些。「那這樣呢？」

「哪樣？」

她尚在思忖眼前的人正打什麼算盤，就被他一把拉進懷裡。

「有沒有緊張一點？」

「你這傢伙！」她嘴上罵著，還擰了他的上臂，臉頰卻不爭氣的紅了。

「等一下致詞加油，」他靠在她頰側耳語：「我會陪妳。」

她來不及繼續損他，就聽到主持人唸了她的名字。他牽起她的手往前走，在她踏上講台的前一刻才鬆開。

三

畢業典禮落幕，同學陸續離開禮堂，唯獨他們返回了教室。高中三年，他們在這間教室無數次競爭，無論是哪方面，誰也不讓誰。

最初的確互相懷抱敵意，單是擔任職務都搶得你死我活，一定要把對方踩在腳底下才甘心。

然而不知從何時開始，兩人卻也相知相惜，因為彼此的處境是這般相似——家庭的壓迫、師長的期待，以及那麼點勝過他人的優越感。

「我曾經挺討厭你的，」她坐在書桌上，沒了平時正經八百的偽裝。「總是害我挨罵。」當他得了第一，她便屈居第二，回家免不了一頓責備。

「我也曾經蠻討厭妳的，」他推了下眼鏡，坐上她隔壁的課桌。「老愛在師長面前裝乖。」

不過，那都只是曾經，現在的他們——

「剛剛的帳都還沒跟你算呢。」

「什麼帳？」他明知故問。

「憑什麼偷偷抱我？」

他處之泰然，「我光明正大。」

「糟糕的傢伙。」

「我曾經蠻討厭妳的。」他跳下桌子，站到她面前。

「同樣的話不需要重複兩次。」

「重要的話要記得講三次。」他笑意漸深，「我曾經蠻討厭妳的，但我現在——」眼神熱切而專注。「很喜歡妳。」

她的臉有點熱，一度喋喋不休的小嘴，抿了起來。既然重要的話，要講三次，那麼——她緩緩開口：「我也喜歡你，很喜歡、很喜歡。」

四

起風了。

拂動的窗簾揭開青澀愛戀。

他們將要離開這裡。

【完】

請找到我

一

從前的他，不相信一見鐘情。

直到在攝影棚裡看到她，他終於明白，何謂一眼，就是一生。

他是沒名氣的攝影師，她是剛出道的模特兒。

二

一天棚拍結束，他在休息室遇上她。她身穿雪紡質料的深藍底細肩帶短洋裝，圖案是大朵大朵的白色山茶花，單薄布料順過她身軀的線條，更襯出她的柔弱纖細。

「妳是不是又瘦了？」他忍不住出言關切。

她正在置物櫃裡翻找東西，心情似乎不太好，只「嗯」了一聲，作為敷衍回應。

「我帶妳去吃點東西。可以瘦，但別生病。」

「不要。」她拒絕得相當乾脆。

他苦笑，走上前，從後方拍拍她的背。「在生氣嗎？」

「沒有……」

雖然她嘴上否認，語氣裡的不悅，卻顯而易見。他其實猜得出是什麼事情令她煩躁。

當日上午攝影時，與她共同參與攝影的男模特兒嫌她身高不夠高，過程中更不斷言語攻擊她，即使她自始至終一笑置之，但他明白她內心應該很受傷。

——「我姊姊年輕時是模特兒，可是她因為心臟病辭世了。我想完成她的夢想。」

半年前，她對他這麼說過，而他一直好好記著。

無論是遭人惡意抹黑、被說太胖不敢吃東西，還是含著眼淚身穿暴露的內衣接受攝影，很多談不上美好的經歷，她都隱忍著撐了過去。

「我親自煮給妳吃呢？」

他本預期她大抵又會說不，未料她竟在沉默半晌之後點頭應允。

他承租的公寓其實距離攝影棚不遠，但他不捨她忙碌一天又要走一段路，於是隨手攔了一輛計程車和她一起乘上。

當計程車在一個紅燈前停下，他低聲問她：「妳剛才在置物櫃找什麼？」

「沒什麼。」她轉向自己那側的車窗，留給他黑漆漆的後腦勺。

「妳等一下想吃哪種料理？中式、西式，還是——」

她不等他說完，隨即開口打斷：「你煮的我就吃。」

他怔忡片刻，這是很受用的一句話。

三

回到他的公寓，他煮了兩盤海鮮羅勒義大利麵和一鍋番茄蔬菜燉湯。待把餐食擺上餐桌，他為她盛了一碗熱湯，又遞給她一隻小湯匙。

怕燙的她，舀了一小勺，連吹好幾口氣，才伸出紅豔的舌頭，試探般地舔了一下。她的動作猶如他曾在陽台照顧的野貓，那輕舔盤中牛奶的模樣。只是相較於野貓，她更讓他產生豢養的慾望。

他不禁感到口乾舌燥，可能是想要喝湯，又或者因為她的舌頭。

她察覺他雙手環胸站在廚房凝視著她。

「你不來吃嗎？」

他稍微回神，「我收拾一下鍋具就過去，妳先趁熱吃。」

她發出「哦」一個單音表示瞭解，動作卻是放下了湯匙。他知道，她未明說，但確實在等他。

他快速把沾有醬料的鍋具泡進水槽，接著走到她對側的座位坐下。

用餐到一半時，他沉聲詢問：「好吃嗎？」

「嗯，所以我在外面都不想吃東西了。」她變相稱讚著他的手藝。

她輕咬叉子的神情有些狡黠，不過深得他的心——就像貓咪用爪子隔著衣料輕輕對他撓癢。

四

用完晚餐，他一邊洗碗，一邊瞥向抱著小靠枕、窩在沙發上看電視的她。

「妳要住下來嗎？」

以前也有過幾次。他會把臥房讓給她，自己睡在客廳的沙發。

她頭也沒抬地回應：「不了，我還有事情。」

他聽著不太放心，「這麼晚還有事情？」

「嗯，需要回家處理的事情。」她不願多作解釋。

「我送妳回去吧。」他清楚，她不僅行為舉止，包含性格也如同野貓，厭惡他人的馴服和約束。然而，他希望自己能成為她疲憊時的依靠。

「沒關係，我搭計程車回去就可以了。」她婉拒了他的好意。

那天送她離開公寓之前，他情不自禁地摟了摟她，又親吻了她的眉梢。她難得溫順而未抵抗，任憑他恣意妄為地接觸。

「你究竟想從我身上得到什麼？」她皺著眉問他。

他淡淡微笑，「我只想得到妳。」
她把臉頰貼在他肩上，「我不值得你費盡心思得到。」
他沒告訴她，對他而言，她值得。僅僅把扣在她身後的手臂，收得更緊了一些。

然而，那一夜過去，她從他的世界裡徹底消失。他才恍然明白，那句話真正的意涵。

五

她辭世了，在她回到自家住處後不久。
死因和她姊姊一模一樣。

那天傍晚，她在員工休息室焦急翻找的，其實是心臟病的藥罐，後來被人在垃圾桶裡發現。據說是與她同期競爭的女模特兒刻意丟棄，對方已作為蓄意謀殺的嫌疑人進行偵訊。
無論如何，他都覺得無所謂了。沒有她的日子，他根本拍不出滿意的作品。

六

她永遠不會知道，當她初次出現在他的鏡頭前，那麼一眼，就是一生。
如今，他唯有在過往的相片中，不斷追尋她曾經的身影。絢爛、美麗，又斑斕，如蝴蝶般動人的身影。

相片裡的她，淺淺地含著笑，彷彿在說——

「你找到我了，我一直都在。」

【完】

煙花那麼涼

一

一滴暖淚自她眼角溢出，逐漸失溫，最終墜落……

他並非第一次看到她哭泣的表情，因為她總是愛上不愛她的人，在情感中兀自受到傷害。

她啞著嗓子喚他，還帶有濃濃的鼻音。「我身邊好像又只剩下你了。」

他伸出手，輕輕摟住她，撫摸那不斷起伏顫抖的背部予以安慰。高中夏季制服襯衫的衣料很薄，她的體溫緩緩透入他的手掌，令他捨不得將其放開。

如果可以，他是真的，永遠都不想放開。

二

望著公車外如同描繪草圖線條的模糊窗景，他腦海中忍不住回憶與她一起待在美術班的曾經。

五年過去，他們之間徹底斷去聯繫。然而他卻因昨夜的一通電話，搭上了今日清晨的第一班公車，前往她現在所在的地方。

三

高中時期，他和她是學校美術班同一屆的學生。

相較幾乎從未干預他興趣的父母，她的雙親對於她報考美術班存有諸多不滿。他們認為藝術僅供欣賞即可，潛心鑽研屬於不合成本的投資，她的行為不過在浪費生命。

她承擔著家人的不理解，在學校依然表現得開朗活潑，總是笑臉迎人，而且對誰都十分溫柔。

不過，她有個更不能向家人闡明的祕密，那就是——

「我有喜歡的人了。」

高二上學期，某個冬季午後，他與她並肩坐在校舍的天台上用餐，她忽然對他這麼說。

她的眼神流露著落寞與無助，「你會因此疏遠我嗎？」

「怎麼可能。」他拍了拍她的肩膀。「謝謝妳願意對我坦誠。」

四

後來他發現，她喜歡的人很多，而他能做的，不過是陪她捱過一段又一段不順遂的戀情。

她似乎相當容易動心，舉凡——帶領田徑社強壯又俊俏的教練、新搬到她家樓上溫文儒雅的男大生，或者書店裡高冷帥氣的店長。

除了他們的年紀稍長，他無法在幾人之間找到共通特質。他不時聽到她以雀躍而羞澀的口吻，描述這些人在她眼裡有多麼讓她著迷。不過每隔一陣子，她又會皺著一張可憐兮兮的小臉，哭著對他撒嬌，講述自己在暗戀與追求過程飽受了多少委屈。

「算了，我只要你，你對我最好了。」

一旦失戀，他會短暫地成為她的選擇，直到她又陷入下一段無果的愛慕。

五

升上高三那年，他們約好報考美術系。然而整個備考期間，她的父母多次否定她的志向，在言語上對她極盡污辱，卻總聲稱那是愛。

好一陣子，她都頂著哭腫的雙眼到校，不再與誰親近、封閉了自我。

考試前一天晚上，她捎了一封訊息給他，內容僅有「謝謝你」三個字。他感覺到不對勁，不斷撥打電話嘗試聯繫她，但都沒人接聽。

他本想著，等考完試或許可以與她好好談話，未料隔日竟在前往考場路途得知她跳樓自殺的消息。

據說她從自家陽台一躍而下，受了重傷，陷入昏迷。

他不止一次至醫院請求探視，但都遭到她父母嚴詞拒絕。他們始終認為，一定是她在學校交到了壞朋友，比如他，才會誤入歧途，甚至自毀前程。他無疑是間接害死她的兇手。

後來她輾轉換了好幾間醫院接受治療，最終他再也不清楚她的去向。

六

昨晚，一位陌生女性使用電話聯繫他，向他確認身份。他回報之後，對方簡單自我介紹，並說明了撥打電話的目的。

這幾年她一直待在療養機構。她有東西想交給他，透過機構的服務人員，查到他的電話和地址，希望得以寄送給他。

「我能親自過去一趟嗎？」他想和她見上一面。

「可以是可以，但我們這裡交通很不方便，您確定嗎？」

「嗯，麻煩妳告知我詳細位址。」

通話結束後，他捏著寫有療養機構位址與電話的紙片，感受恍如夢境般不真實的現況。

——原來，妳還好好活著；原來，妳從沒忘記我。

七

今朝，他搭乘三個多小時的公車前往目的地。由於療養機構位於半山腰，他被迫徒步走上崎嶇陡峭的山路。體力即將耗罄之際，他終於看到深藏於林間的老舊建築，不自覺加快了腳步。

他在櫃檯找到聯絡他的女性，對方遞出一只半開紙張大小的盒子給他，沉甸甸的，他無法猜出裡面裝有什麼。

「請問我能與她會面嗎？」他明白療養機構有一定的探訪規範，他並不懷抱太大期望。

對方面有難色地望著他，似乎欲言又止。

「不方便的話，我改天再來也無妨。」他不想勉強。

當他捧著盒子，準備轉身離去，那人突然叫住了他。

「先生，請跟我來吧。」

八

他以為自己將被帶往她居住的房間，然而他們卻一路走出療養機構、步入山林。

將近十多分鐘之後，他置身於一整片綿延的滿天星花田。

「這裡是？」他左右顧盼，不見接待者和他之外的人影。

「對不起……」接待他的人神色歉然。「其實她上個月初過世了。她完成我交給您的那幅油彩之後，就吞食了大量的安眠藥自殺。由於她的雙親遲遲不肯接她回去，我們只好將她的遺體火化，並把骨灰灑入她生前最常散步的花田。」

他怔怔地望著懷裡的盒子，無法發出任何聲音回話。

「雖然我不清楚您與她的關係，不過醫生或志工陪伴她說話時，她總會提到您。可是每當我們有意為她找您過來，她又都搖頭婉拒。」

「她是什麼時候被送來這裡的？」

「約莫在三年半前，我們得知一名女學生從昏迷中恢復，但她的身心皆受到嚴重衝擊，短時間內無法回歸原本的生活。」

「謝謝……」他抱著盒子的雙臂已經開始顫抖，近乎無法拿穩。

「我先回去工作，您可以一個人靜一靜。」或許是長期觀察不同患者，對方細心地發現他狀態不好。

九

他獨自面對漫山繁盛卻哀戚的花田。一朵朵、一簇簇，滿天星燦爛綻放，猶如煙花，但都呈現蒼涼的純白，聚在一起，又各自孤立。

他小心翼翼揭開盒蓋，一幅色彩斑斕的畫作，在他眼前呈現。

畫裡，有她與他、美麗的花田，和一句話。一句，他以為這輩子，永遠都無法得到的話，就那樣，淺淺地印在角落。

——我愛你。

他觸摸著早已乾涸的顏料，感受表面細微的凹凸，那一筆、那一畫，飽滿而具有重量。

然後，他想起她美麗的眼眸。那雙經常潸然落淚的眼眸。多年不見，她依然清楚將他的輪廓繪出，代表他曾映入她的瞳孔深處。

一次又一次，他於內心深深叫喚，一個再也不會回應他的名字。

十

愛她，是他埋藏於青春，最深的祕密。如今，那份情感與她，一起葬在了這裡。

他輕輕闔上眼簾，終於明白，她不斷與人交往，其實只是一直在等他。

而此刻，她就靜靜地躺在花田，在離他最近的地方。

【完】

沉溺

一

她患有人群恐懼症。

發現的時間點是國小低年級的運動會。那天有幾百名學生於操場集合，她望著黑壓壓的人群，陣陣發暈，甚至有點想吐。

一名年輕的男子在她面前彎低身子，「不舒服嗎？」

她的臉色蒼白，講不出話。她對他略有印象，但不記得在哪見過。再度回神，她已被他揹在背上，不少學生圍在他們四周，喊他老師。當下她才驟然想起，他是隔壁班的實習老師。

二

接下來幾個月，她經常默默地觀察他。多數時候，他都掛著微笑，看起來很開朗。不過小孩子就是小孩子，耐心有限，時間一長，覺得無趣了，對這件事也不再上心。

直到升上初中的暑假，她偶然發現，對面一直空著的屋子，搬來了新的鄰居。是他。

三

相較於在學校衣著整齊的形象，居家模樣的他潦倒又邋遢，還經常銜著一支菸，倚著陽台欄杆吞雲吐霧。

某天，當她站在落地窗後方，對面的他似乎注意到了她。他瞇起眼，捻熄手中的菸，進屋戴了一副黑框眼鏡，重新回到陽台，認出她是誰。

她不知該不該向他打招呼，彆扭地「唰」一下拉起窗簾，不繼續看他。望著她的反應，他有些想笑，再度燃起一根菸，讓自己置身於瀰漫的灰煙中。

四

據說，染上菸癮的人，內心往往有塊空缺，不得不藉由焦油填補，污濁又黏呼。她不反感他抽菸，卻擔心他的身體狀況。這幾棟老公寓的隔音很差，他住的屋子不時有咳嗽聲傳出。

一晚，母親委託她至超商購買白醋，她穿著輕鬆簡便的家居服，踏著愉快的步伐出門。沒想到，她剛下樓，就撞見他被一位女子搧了一耳光。對方下手應該挺狠，他的頭往旁一偏，嘴角還破了皮，滲出血絲。

女子注意到她的視線，氣沖沖地撿起掉在地上的皮包，轉身就走。她望著狼狽的他，發現他既沒有還手，也沒有追上那人。他抹了把嘴角之後，掏了掏口袋，摸出打火機，但沒有香菸，興許是忘了帶。

他似乎不覺得尷尬，瞟向呆站原地的她。「這麼晚要去哪？」

「超商。」她有些侷促。

「我跟妳一起。」他把口袋的內裡翻出讓她瞧。「我的菸抽完了。」

縱使他沒有明說，她卻聽出那麼點陪她的意味，也可能是她私心產生的錯覺。

五

沿途，她問他：「你現在是正式的老師了嗎？」她對他就職的記憶仍停留在她唸小學的階段。

「辭了，」他的語調平淡。「我不適合當兒童的模範。」他相信，住在對面的她，經常目睹他隨性的生活模式，肯定也深有所感。

「我倒覺得，你雖然當不成模範，卻挺會照顧小孩子。」

「只因為我揹過妳一次，妳就這麼認為？」他沒遺忘關於她的事。

「或許吧。」

那時，所有人都在嬉鬧打鬧，未注意到她的狀況，唯獨他發現她面無血色，並向她伸出援手，因此她一直深刻記著。

「妳這麼天真，很容易被騙的。」

她腳步微頓，側過頭問他：「被誰騙？」

「不知道。」他聳肩，咳了幾聲。

等她買完東西、回到家，才驚覺自己沒問他——辭去教職之後，他的新工作是什麼？她想了想，反正他就在對面，不難遇上，下回再問也不遲。

六

她逐漸察覺，他的作息晨昏顛倒。他白天大多在家，傍晚時段才會出門。她對他的好奇又多了幾分，像回到那年觀察他的日子。不過他的臉上再也沒有笑容，始終木著一張表情。

然而她還沒觀察多久，他就搬走了，一去無蹤。

七

許多年後，她偶爾仍會想起他——曾有那麼個男人，表面光鮮、背地寥落。他的溫柔，往往若有似無，但又恰如其分，無法輕易從回憶抹除。

八

又一次遇到他，她已屆大學畢業。

那天，她的摩托車壞了，不得不搭乘大眾運輸工具。在人來人往的捷運站，她的人群恐懼症再度發作，總覺兩眼發昏，站都站不穩。

「不舒服嗎？」

一道熟悉又陌生的詢問。她緩緩抬頭，對上他的雙眸。歲月只在他眼尾留下淺淺痕跡，容貌幾乎沒什麼變化。

他知道自己認識她，但叫不出名字，倒是她脫口喊了他：「老師。」

頃刻，他們確認了彼此的身份。

他再度蹲在她身前，「上來嗎？」

九

他揹著她走出捷運站，在街道上受到許多人側目。她覺得很不好意思，把臉埋向他襯衫的領口。出乎意料地，她沒嗅到菸味，而是古龍水淡淡的香氣。

「不抽菸了嗎？」她悄聲問他。

他沉默片刻，才答：「戒了。」

「你現在做什麼工作？」

「普通的銀行職員。」

當下，她猛然意識到，自己對他的認知，其實很膚淺。孩提時的老師、香菸與打火機、晝伏夜出的男人。除此之外，什麼都沒有了。思至此，她莫名有點失落。

十

他們來到一座公園，他把她放在涼亭的石椅上。

「好點了嗎？」

她點頭，但沒說話。待她抬眼，正好瞧見他無名指上的銀戒。

「你結婚了？」

「嗯，」他跟著看向自己的無名指。「半年前。」

那一瞬，春風徐徐拂來，吹亂了她的思緒。當風止息，她的心情歸趨平靜，也徹底瞭解，她註定無法擁有他，卻長久為之沉溺。

——沉溺於他，往往若有似無，但又恰如其分的，溫柔。

【完】

只想聽你說

一

上司和下屬。在旁人眼裡，他和她是這樣的關係。然而在沒人的地方，她總會踮起腳，輕吻他的側頰。

可是，他們不是戀人。

二

「又要加班？」

他拿著一杯紅茶拿鐵，放到她的辦公桌前。

一般而言，由上司為下屬服務是件奇怪的事。不過他從不偏心，平等對待所有人，因此大家也見怪不怪，沒介意他們的互動。

「嗯，營業部那裡出了點問題。」

她回他，音量很輕，只有他能聽見。

在他眼裡，她總是散發著空靈的氣質，和同事相處時態度拘謹，唯有兩人獨處時——

她坐在辦公椅上，朝他勾了勾手，示意他稍微蹲低。他配合地彎下身，以為她要講悄悄話，卻見她拾起文件夾，擋住彼此的臉，在他頰邊親了一下。接著她很快退開，裝作若無其事，僅有微微泛紅的耳尖，透露她剛才做了什麼。

膽子被養肥了。他想，忍不住彎起唇角。

「我等妳。」

三

職員陸陸續續下班。晚間十點，辦公室裡只剩下他們。

「肚子餓嗎？」她問他。畢竟他等了她好幾小時，早已錯過用餐時段。

「有點。」他反問：「妳呢？」

「還好，我不怎麼餓。」她對吃東西的興致一向不高，身材也因而十分纖瘦。

「我們一起去吃點宵夜吧。」他如她預期，正常發揮叨念的功夫：「妳的下視丘肯定出問題了，總是感覺不到飢餓。」

雖然她對生物一竅不通，但她深知這是他關切她的方式。

四

來到一間麵店，他們分別點了蕃茄刀削麵和陽春麵。

他從塑膠袋拆出一雙免洗筷，把竹屑徹底磨乾淨之後，才把它們交到她手裡。她接過他遞來的筷子，靦腆地道了句：「謝謝你。」

兩碗熱湯麵很快上桌。他將自己的蕃茄刀削麵推至她面前，與她點的陽春麵對調位置。她不解地偏著頭，「你比較想吃陽春麵嗎？」

「茄紅素對妳身體好。」他面不改色地答覆。

又一次生物教學。她默默記下茄紅素對身體好。不對，不單是茄紅素，他對她身體也挺好。思緒轉了一圈，她不禁莞爾。

「餓傻了嗎？怎麼在亂笑？」他捏捏她的臉。

傻嗎？她是很傻啊。明明他們不是戀人，她卻對他的一舉一動，皆有所期待。

五

他送她回家。抵達她家大門口時，她像昔日一樣踮起腳，湊近他，卻沒有輕吻他的側頰。

他察覺到她的反常，柔聲問：「怎麼了？」

「誰都可以這樣嗎？」

他怔然片刻，反應過來。「不是。」

「那我可以這樣嗎？」

「當然。」他有點哭笑不得。都多少次了，她現在才問。

其實她也沒特別追求什麼，但見他接受她的親暱，總是一副稀鬆平常，就感到相當不安，彷彿他無論跟誰皆能如此。尤其他平日裡的不偏心，讓她很不放心。

獨處時，他對她的確照顧有加，卻從未表露心跡，連一句喜歡，更甚是愛，都不曾說過。

她不敢輕易確認真相。情感中的銳利和敏感，她難以消受，寧可被蒙在鼓裡，至少還能自欺地存有企盼。

「妳是不是有話沒說？」他發現她欲言又止。

她搖搖頭。我只想聽你說。

「妳看起來快哭了。」

她確實有點鼻酸、有點想哭，但她忍了下來。

「我該怎麼安慰喜歡的人比較好？」他捧起她的臉，神情認真。

蓄積的眼淚奪眶而出，但她同時也笑了。

「我好多了，真的。」

六

她對感情，就跟食慾一樣，沒太多講究。她不需要他的承諾、不需要甜言蜜語，只想聽他說——喜歡和愛。

簡簡單單、平平凡凡。

七

那晚，他們成為戀人。

在僻靜的角落，她再度踮起腳，輕吻他的側頰。

上司和下屬。在旁人眼裡，他和她維持這樣的關係。

【完】

末班車

一

真要說，他們之間有什麼交集，大抵是——

每晚都會搭上同一輛末班車。

二

通勤期間，透過手機瀏覽社群軟體、掛上藍芽耳機聆聽音樂，是她最常做的兩件事，仔細想想，還挺頹廢。

看看一旁明顯剛補完習的高中生，馱著重量不容小覷的書包，手裡還持著一冊被翻爛的單字本。她不禁深刻檢討起來，自己這副懶散的德性，過去究竟如何捱過學生時期？

正當她想得出神，公車猝不及防地緊急煞車，她沒站穩，整個人往高中生身上撞，弄痛了鼻尖。

「抱歉……」她摀著鼻子，訕訕地向對方致歉。

「沒關係。」他指向附近一個空下的座位。「妳要不要坐著？比較安全。」

她經常聽到別人說，相較於從前，現在的學生越來越沒禮貌了，但眼下的情況讓她屏棄了那些偏見。當作都市傳說好了。她暗忖。

接連幾週，她發現，只要她加班，就一定會在那輛公車遇到他。

三

彼此何時聊起來的？在她腦海中，這已成為無解之謎。

不過她認為自己害了他。自從他們有一搭、沒一搭地交談，他總會把單字本放下。閒聊的過程，她時常覺得他擁有認真的魅力，跟公司裡混吃等死、能偷懶就偷懶的同事全然不同。

講起來相當慚愧，但她亦為那群消極的社畜之一。

四

某一晚，當她搖搖晃晃地走上公車，已在車廂內的他主動向她問候。

「妳看起來好累。」

「嗯，是有點。」她竟被高中生同情了，怎麼想都有點淒慘。她尷尬地將垂落的髮絲勾至耳後，「還好，你比較辛苦。」

不少同事常在辦公室抱怨想要重返學生時期。對於此事，她倒一點也不想，考試、體育課，和參加補習，根本是她年少青春的噩夢。

她不禁感嘆，自己能好好活到現在，純屬奇蹟。

「妳喜歡工作嗎？」他低頭看她。

「怎麼可能。」她的夢想是當一顆沙發馬鈴薯，睡覺睡到自然醒、數錢數到手抽筋。哎，真的好可恥啊。

「那妳為什麼認為我比較辛苦？」

「因為比起工作，我更討厭當學生。」

放在天秤上，還是當學生更令她反感。哪怕加班加到爆肝，都比考試考到吐血好。理由很簡單，同樣付出勞力，前者有錢拿，後者沒錢拿，她就是這麼現實、這麼務實。

五

「嘿，醒醒。」

聽到叫喚，她迷迷糊糊地睜開眼睛，道了句：「早安。」接著便聽到他的笑聲。

「妳平常下車的站牌要到了。」

他講完，她才驚覺，自己竟靠在他肩上睡著了。而且——

「你不是應該在前幾站下車嗎？」如果她的記憶力勉強靠譜。

「我看妳睡得很熟，就坐過站了。」他講得很理所當然。

果然現在的學生越來越沒禮貌僅僅是都市傳說。她腹誹。身旁出借肩膀的他，絕對是一枚徹頭徹尾隱藏了翅膀的小天使。

孰料她剛感動沒多久，就聽到他以極低的音調說：「我的肩膀很貴的。」

「什麼意思？」

她以為自己聽錯，卻是他的惡魔尾巴快要藏不住了。

「妳忘了嗎？這是末班車，我回不去了。姐姐，妳得收留我。」

隨著他氣息的迫近，她無法分辨，他的話語到底是請求，還是威脅。她唯有愣愣地看著他，不確定自己是否點頭或者搖頭、不確定自己應該接受或者婉拒。

六

真要說，他們之間有什麼交情，約莫是——

他從她的天使變成她的惡魔。

【完】

輯四
別哭了

想對你說，別哭了，你還有我。

不過失去
人都是貪婪的，會設法將喜歡的事物，據為己有。

戀戀不捨
偶爾確實會厭煩，但喜歡往往還是比討厭多一點，雖然只多一點點。

說愛之前
情感總在不覺間悄然到臨，因此——說愛之前，不需要預先準備。

陪在你身邊
她其實挺怕他的，即便現在也是，不過以前更多一些。

魂歸何處
每當認識一個人，她總會不自覺地，觀察對方的眼睛。

野火
時至今日，她仍沒忘記他、沒忘記那個吻。

流星劃過
他不得承認，自己是個無趣的人，卻同時也是——愛她的人。

映日果
映日果，又名無花果，花語是——無法宣之於口的愛。

再會螢火蟲
比起死亡，無所事事地活著，似乎更加可怕。

我會一直在你身後。哪怕你，不曾為我回頭。

不過失去

一

同居的第三年，他們共用的餐桌旁，碎了一只玻璃杯。

二

曾幾何時，他和她見到對方，變得只會互相責怪，從前的包容不復存在。和好的日子遙遙無期，躺在同一張雙人床，也僅是形式上做做樣子，兩人早已貌合神離。

三

分手。兩個字。他們都還在堅持，沒有人開口，即使知曉那是遲早的事。好像不這麼拖延，對不起曾經的付出；好像就這麼拖延，能讓現狀有所改變。

往好處想，這麼拖延，至少沒有誰失去誰。

四

想起來，還真是膚淺。她最初愛上的，是他的手。那雙腕骨凸出，又筋脈分明的手。

他當時在做陶塑，而她對藝術沒研究，若要形容，她只能說：很美、想擁有。人都是貪婪的，會設法將喜歡的事物，據為己有。

所以，她慢慢地、不著痕跡地，讓他注意到她。

五

講起來，還真是荒謬。他最初愛上的，是她的眼。那雙時而迷離，又澄淨透亮的眼。

她當時直盯著他，而他只懂得做陶藝，若要概括，他只能說：很美、想擁有。人都是貪婪的，會設法將喜歡的事物，據為己有。

因此，他慢慢地、不著痕跡地，引誘她靠近他。

六

膚淺又荒謬的他們，相安無事七年，開始了同居生活。

跟食物一樣，一開始都是新鮮的、美好的，久放，必定會逐漸腐爛。即便低溫保存，也僅是暫時延緩。

七

同居期間，他們不時發生爭執，往往為了芝麻小事。

就連洗髮精用完，前一人沒有補充，都可以吵得大呼小叫。最終兩人都耗盡氣力，背向對方躺上床，等待膠著的夜晚過去。

雙方身心俱疲，卻不肯好聚好散。此般糾纏，早與愛不愛無關。

八

同居的第三年，他們鬧得厲害，不記得由誰起頭，回過神，象徵這段感情的其中一只對杯已被摔得粉碎。

是他摔的，也是她摔的。因為在一陣拉扯之中，兩人撞到了餐桌，玻璃杯應聲墜地。

九

「我們就不能放過對方嗎？」他凝視著反射了陽光的玻璃碎片，焦躁地抓了抓凌亂的瀏海。

「什麼是放過？」她眼底閃著淚光。

他還是心疼她的。每當她哭，他就狠不下心，那也是他遲遲無法提出分手的原因。他有多久沒看過她笑了？這幾年，他眼前所見，總是她憂傷的臉。

「別哭了。」

當他用拇指輕輕揩去她的淚，這才察覺自己的眼眶也微微發燙。

「為什麼——」她終究講出了那兩個字，「我們不分手？」

縱使，他們的感情燃燒殆盡、他們的理想消聲匿跡，卻依舊沒分手。

她問出口的當下，不僅僅是她，他同樣得出了答案。

失去，很容易，不過是轉瞬的事。

他們之所以沒分手，不單純基於捨不得、放不下，而是——

——因為誰都不願失去誰。

【完】

戀戀不捨

一

本以為又是一場無疾而終的吵架。

當她奪門而出，他並未攔阻，想著，讓她靜靜也好。

然而，這一靜，就是半年。

二

從小到大，學校所教授的多半是無趣的課題。關於久別重逢，沒人指點過他該如何處理。於是，那天在街上遇到她之後，他做出的所有反應，全憑一股魯莽、不管不顧。

他抓著她的右臂，將她拽出人群，帶往相對安靜的騎樓。她並未反抗，任由他拖著她向前走。

「妳還記得我吧？」

他一開口，就連自己都覺得荒誕。

她望向被他掐紅的手腕，接著緩緩抬眼，「如果我說不記得呢？」即便是明目張膽的謊言。

他被她堵得無語，剛才急於和她交談的勇氣，也瞬間消失一空。

「傻瓜。」可是她從沒討厭過這樣的他。偶爾確實會厭煩，但喜歡往往還是比討厭多一點，雖然只多一點點。

「妳這半年去哪了？」電話不接、訊息不回，問了她朋友，也沒人知道。他並未聯繫她的父母，因為明白她早與他們決裂。

「出國。」

兩個字，概括了他和她吵架的原因，以及她音訊全無的理由。

三

他翹班了。打電話時輕咳了好幾聲，向公司謊稱自己感冒，糊弄過去。她在一旁看他笨拙地請假，有點想笑。這麼耿直的傢伙被她折騰到都懂得要騙人了，還真有些可憐。而且他的手一直緊緊扣著她的手腕，似乎深怕稍一鬆開，她又會就此消失。

當他切斷電話，她一臉委屈地說：「你抓得我好疼。」

不出意外地，他旋即鬆手，滿眼歉意。「對不起……」接著陷入不知所措的狀態。

真可愛。她心想。哪怕他的外型魁梧冷峻，內在卻是含蓄呆板，坐實了外包裝與內容物不符。

估計也就是這樣的他，才會放縱她所有任性，更讓當初的她因為負氣，說走就走。即使她很快就後悔了，但怎也拉不下臉回來。心緒幾經折轉，最近才找了休假作為藉口歸返。

除了曾經和她同居的他，她哪裡都沒有依靠。剛返回的這一週，她只能住在便宜的青年旅店。她本打算過幾天再聯繫他，卻意外在他們都熟悉的街道相會。

「妳一個人在國外過得好嗎？」他問得小心翼翼。

她對他又壞心了起來，「你怎麼確定我是一個人？」

「這個……」而他也如她預期，開始傷透腦筋，後來他慎重地重問：「妳在國外過得好嗎？」

她很想抱一抱這樣的他。這樣正經八百，又如同教科書般死板的他。放在學生時期，她肯定不會喜歡他。不過脫離那個年紀，他還保有如此純粹而柔軟的性格，確實令她戀戀不捨。

其實，是她對不起他。半年前的吵架因她而起，她單方面傷了他的心。

「我過得很不好。」她定定地凝視他。沒有你，我過得很不好。

四

他一向不是衝動的人，卻在短短一個早上失常了三次。

第一次，他強硬地將她帶離人群；第二次，他謊稱感冒向公司請假；第三次，他鬼使神差地抱住了她。

三次，皆與她有關。只要碰上她的事情，他總會分寸盡失。

「好暖和。」她依偎在他溫暖的胸膛，毫不避諱地撒嬌。

把她攬進懷裡的人，確實是他。然而他千算萬算，也沒想到她會有這般反應，他情不自禁將手臂收緊了一些。

「妳為什麼過得不好？」他以為她在國外被欺負了，感到相當心疼。

她沒講話，但趁他毫無防備，輕輕咬了他的鎖骨，留下兩排淺淺齒痕。他以為她在發洩，也不惱，隨她搗亂，還上下順了順她的背。

「你就不能對我發脾氣嗎？」

「發脾氣？」他愣住。

「我說要出國的那天，你也是這樣。」言迄此處，她又不爭氣地掉淚。「我都那麼過分了，明擺著要惹你發怒，還揚言要走。你卻一副不在乎的樣子，放任我轉身離去。」

身為萬年木頭的他，終於聽出她的癥結。

「沒辦法，」他太遲鈍，只懂得直白的表述。像她那麼細膩的小心思，他還真是想都沒想過。「我太喜歡妳了，沒辦法對妳生氣。」

他淺顯卻熱烈的告白，令她的身子立刻軟了下來，僅能弱弱地趴在他胸口。以往那些捉弄他的小伎倆，此刻她半點也想不起來了。

五

「我回來了，我想回家了。」

又是她一席嬌蠻的發言，但他聽著淡淡地笑了。

「好，我們回家。」

相信，這一次，會是一輩子。

【完】

說愛之前

一

很多事情，都需要預先準備。

第一次被親人如此告知，似乎是幼稚園遠足的前一晚。她是個懂事的小孩，大家常這麼說。所以，自那天起，決定每件事情之前，她皆會做好萬全的準備。

二

初中時期的某堂早自習，班導請值日生發下各科的期中考試卷。她掃了一眼分數，沒什麼大問題，一張張對折，收進書包。

「又拿了幾個滿分？」她座位前方的他回過頭。「妳真的很誇張。」

「還好吧。」她的語氣平淡。

他饒富興致地打量所謂的好學生，「妳是怎麼辦到的？」

「提前準備而已。」她從抽屜拿出下節課要用的講義，翻開，沒再理他。

這是個沒被她放在心上的小插曲。

三

進入高中，她是學校裡資優班的學生，佔著校排第一，從沒退讓過。他也在同個資優班，不過屬於標準的吊車尾，班排永遠倒數，只是死撐著，沒被劃分到普通班。

他坐在她隔壁打量著她，「妳連下課都不需要休息？」

「不用，」她的眼睛盯著計算紙，右手快速列出算式。「我每天都有睡滿八小時。」

「不覺得學習很枯燥嗎？」

她的手停頓了一秒，接著又繼續書寫。

「很枯燥。」

「那妳何必自討苦吃？」

「未雨綢繆而已。」

四

高中的畢業旅行，一共三天兩夜。

第二日傍晚逛夜市的行程，她遇到了突發狀況——她的腰間包被扒手整個摸走。裡面放了錢包、手機、悠遊卡，還有零碎的隨身物品。她一下就慌了手腳，急得快要掉眼淚。

她站在街邊，看著身穿相同校服的同學路過，但她不知道該如何求助。那是她從未做過的事情。她一向獨來獨往，也沒讓自己陷入過困境。

當她用手背揉弄酸澀的眼睛，壓抑那股想哭的衝動，有人從身後點了點她的肩膀。

「妳怎麼了？」

是他，嘴裡還嚼著糖葫蘆。

「我……」她失去了平時的冷靜，講話變得結結巴巴。

他看她紅著眼眶，「誰欺負妳了？」

被他這麼一問，她控制不住不安的情緒，整個人撲向他懷裡，兩手還緊緊環在他腰間，淚水更打溼了他的襯衫衣襟。

他從沒見過這種陣仗，一手抓著糖葫蘆，另一手無處安放。後來看她實在哭得厲害，他只好把掌心貼上她的背部，一下一下地輕拍，還不忘喃喃：「沒事了，沒事了，我在……」

缺乏應變能力的她，就像個懵懂的大孩子，任由他牽著她到派出所報案。一路上，她仍抽抽噎噎，他心口跟著發悶，於是將自己的糖葫蘆給了她。

他沒想過她也有這樣的一面。雖然添了麻煩，卻比平時可愛的多了。

「好甜。」她含了一顆糖葫蘆，左邊的臉頰微微鼓起，聲音含含糊糊。

那模樣近似他曾飼養的倉鼠，讓人不由地想多寵著點。

「整串都給妳。」

翌日，警察替她找回了腰間包，雖然值錢的物品全沒了，但至少證件都還在，算是不幸中的大幸。

踏上回程之前，同學全在逛紀念品商店。她僅能眼巴巴地乾望，什麼都買不了。他被她委屈的小表情說服，走到她面前，問她：「想買什麼嗎？」

她搖搖頭，「沒有。」

他沒漏看她剛才緊盯著某只鑰匙圈，淡黃色鈴鐺小雞，配上幾朵粉色系小花，挺可愛的，跟她一樣。對於內心出現這樣的想法，他甩了甩頭，說：「是這個吧。」講完，他見她一臉呆然，不等她回應，捏著鑰匙圈就去結帳，又把它塞進她手裡。「送妳。」

她凝視著躺在手心的小雞，又抬頭看看逐漸走遠的他，才發現自己來不及向他道謝。

五

畢業旅行結束後，她感冒了。

這是她給自己的解釋，為了說明她最近總是心不在焉。尤其他一靠近她，她的臉頰就會立刻發燙、心臟亦狂跳不止，甚至會不自覺屏住氣息，忘了要呼吸。

哪種新型感冒這麼嚴重？她暗忖。就連平時能輕易算完的數學習題都沒辦法好好解開，真是糟透了。

她思來想去，決定到保健室休息幾節課，觀察狀況是否能好點。

保健室老師聽完她的說詞，笑了笑，但沒阻止她找張床鋪躺下。
她望著天花板刺眼的白光燈管，正欲瞇起眼，忽然有張放大的面龐湊近，嚇了她一跳。
「妳生病了？」
他剛才在球場上打球，恰好撞見她拖著步伐往保健室走。
「應該是……」她不自覺地別開目光。
「哪裡不舒服？」
他分明不是醫師，卻一副問診的口吻。
「胸口，悶悶的。」特別是碰上你的時候。
「還有嗎？」
「臉會發燙、心跳很快。」
他聽著覺得不對勁，「一直都這樣？」
「看到你就會這樣。」
如此迂迴的間接表白，讓他笑了出來。偏偏她還傻愣著，不清楚他為何在笑。
「別擔心，小書呆子，我會治好妳的病。」說著，他輕輕吻上她的眼皮。

六

幾年後的某天，得知在外地讀書的她放假回來，他隨即趕往車站接應。當他看到她提著大包小包的行李緩緩走出車站，他立刻迎上前去，替她拿了大部分的東西。

「妳本來就不高，都要被這些行李壓得更矮了。」

她蹙眉，「我這是萬無一失的準備。」

「有樣東西，妳永遠不用準備。」他目光溫柔地注視她，「我會負責給妳。」

情感總在不覺間悄然到臨，因此——

說愛之前，不需要預先準備。

【完】

陪在你身邊

一

他是一名相貌嚴肅的男子。哪怕站著不說話，光被他那凌厲的眼神掃過，都會讓人懷疑是否做錯了什麼。

她其實挺怕他的，即便現在也是，不過以前更多一些。因為她見過他的笑容，談不上帥氣，卻隱含深深的柔情。

二

最初之所以產生交集，全因研究所教授委託她擔任他的研究助理。他是同學院另一系所的副教授，據說他身邊的助理都當不久。

肯定是不好相處。她前往他的實驗室之前，同寢的室友那麼對她說。

她輕敲他實驗室的門，裡面傳出低沉的「請進」。她轉動門把，將門推開，見他捧著一本書，站在書架旁邊，舉止儀態十分優雅。

她做了自我介紹，說明自己來應徵他的助理。他聽完，沒作任何表示，只塞了一疊資料給她，讓她有空就整理數據，完成後交給他。

他始終面無表情，令她猜不透他的情緒是好是壞。

三

接下來幾週，他們都在同個空間工作，但各做各的事情。

他的實驗室位處偏僻的一棟大樓。通往大樓的小徑十分曲折。尤其雨天，地面總是泥濘而寸步難行。

她完成他交辦事務的那日，一整天都下著滂沱大雨，直到晚間仍不見停歇。

離開實驗室之前，她被他攔了下來，說：「等一下。」

她以為自己哪裡做得不夠好，看他修長的手指一頁頁翻過檔案夾，心跳也隨之加劇。

當他緩緩張開薄唇，她下意識閉起眼，等待承受責備。然而，落下的，卻是他溫暖的指掌，「妳做得很好。」他撫了撫她的頭。「天氣很差，我開車送妳回去吧。」

她詫異地抬眸，對上他的笑容，雖然很淺、很短暫，一晃而過。

四

他眼尾有著淡淡的細紋。她沒實際問過他的年齡，但推測他應該已屆不惑。她未看過他手指上有戒指，但不代表他沒結婚。時常親自操作實驗的教授十根指頭往往乾乾淨淨，不會配戴任何飾品，或許他也是如此。

共事將近一個多月，他不若她室友說得不好相處，相反地——

「會累嗎？」

他注意到她在揉眼睛，以低沉而微微沙啞的嗓音詢問。

「沒事，可能進了點灰塵。」她又輕輕眨動幾下，眼球表面有點刺痛。

「讓我看看。」

他放下手中的試管，褪去手套，在水龍頭下將手洗淨，又用毛巾擦乾，才走向她。那時，她的眼睛已經疼得睜不開，不斷流下生理性的淚水。他輕柔地用指尖挑開她的上下眼瞼，「有睫毛跑進去了。」說罷，他吹了幾口氣。「還難受嗎？」

她抹了把眼周，看向他，他的身影由模糊過渡至清晰。

「好多了。」

——他實在太體貼，她情難自禁地被他吸引。

五

又過了兩個月，她在走廊遇到委託她幫忙的教授，對方問起她在實驗室的狀況，她笑答：

「沒問題。」

「真難得聽到這樣的答案。」

都說好奇心容易害死貓，但她仍忍不住問：「其他人為什麼待不下去？」他神情的確冷淡了點，為人卻溫和親切。

「有被他冷臉嚇跑的、有受不了乏味工作的，」教授接著又道：「當然也有不小心喜歡上他的。」

「這樣啊……」她的眼睛，好像又有異物跑進去了，隱隱作痛。

「畢竟他向來公私分明，不願意和學生過從甚密。說起來，他再過幾年也要邁入四十了，如今卻還是單身。我看他這輩子注定和研究糾纏不清。」

「嗯。」她覺得有股酸澀的情緒在胸口積累。

「妳眼睛好紅啊，還好嗎？」

「應該是過敏而已。」她逞強地微笑。

那一刻，她深知——

如果，還想繼續待在他身邊，她勢必要和他保持距離。否則每一次的接觸，只會更讓她捨不得放下他。

六

連續幾週，她皆若有似無地避著他。縱使她自認隱藏得很好，他依然感覺出她態度的不同。

一日工作結束之前，他問她：「妳等會有空嗎？」

她本想回答沒空，但她實在不擅長騙人，再加上他銳利的目光似乎能輕易揭穿謊言，讓她很快就打消念頭。

「嗯，我有空。」

七

他開著車，沒說目的地，載著她，駛過一條條道路。待他熄火，停下時，在後座的她已經熟睡。他猶豫著是否該叫醒她，輾轉思量之後，他打開後排車門，輕輕拍了她的肩膀。「我們到了。」

他們所在之處右方的護欄下，是一整片的銀白沙灘。於朦朧疏淡的月光下，猶如微光閃耀的星河。

她還半夢半醒，以為身前的他不過是幻影。她靦腆地拉過他的手臂，幽幽呢喃：「怎麼辦……我好像喜歡你。」

他霎時怔然，往後一退，腕上的金屬錶不慎敲到車頂，發出哐噹巨響。她愕然驚醒，察覺自己說了不該講的祕密。

「對不起、對不起……」她不斷道歉，淚珠也自眼角滑出。

他終於懂得，她近期為何躲著他，還成天悶悶不樂。他今天帶她兜風，為的是替她舒壓，殊不知，他竟是害她悲傷的人。那些淚，就像雨，砸進他心底，很快泛濫成災。

「別哭了，妳沒做錯事。」

他不由自主地坐上後排座椅，把縮成一團的她摟向懷裡。

「我有聽說學生都待不長的原因了。」她帶著哭腔的聲音，陷在他胸前的布料裡，聽上去更顯悶沉。「你討厭和學生過從甚密。所以，我不該喜歡你，造成你的困擾。」她哭得上氣不接下氣，還開始咳嗽。

就著窗外微弱的光線，他望著身前的小哭包，一張臉軟嫩又通紅。他對她其實同樣抱有好感，先前之所以不想表態，是自覺配不上活潑青春的她。

此刻，他試著收起所有鋒芒，用最溫柔的語氣對她說：「我也喜歡妳，妳沒造成困擾。」

八

她成為待在他實驗室最久的學生。

直到他退休為止，他身邊的助理再不曾換過人。

【完】

魂歸何處

一

每當認識一個人，她總會不自覺地，觀察對方的眼睛。因為那是——靈魂的棲所。

二

他的虹膜，呈現漂亮的古銅棕，相較於多數東方人，色澤偏淺。

她初次注意到他，是在打工的咖啡廳。他看起來不到三十歲，牽著一名年幼的男孩進店。用餐期間，小男孩還挺調皮，兩條腿蹬呀蹬的，手也揮來揮去。他一臉很苦惱的樣子，卻又不知如何制止。後來，男孩碰落了餐具，她走到桌邊，替他們撿起，因而對上他的雙眸。

「我幫你們換一副新的。」

他神色歉然的微笑，「不好意思。」

因為那雙眼睛，他在她心中留下深刻印象。

三

她第二次在咖啡廳見到他時，他獨自一個人，身邊沒了吵吵鬧鬧的孩子。他挑了一處僻靜的靠窗單人座，隨手翻閱菜單，很快做出決定，向她招手。

他似乎認得她，朝她淺淺一笑，少了曾有的歉意，多了一分率性。

「一杯焦糖瑪奇朵。」

這是出乎她意料的選擇。她以為，像他這樣的男人，應該會喜歡無糖的黑咖啡。當然，這類臆測並無任何根據。

很久以後，她才從他口中得知，他不喜歡純然的苦味。

四

某天，他在咖啡廳待到很晚。店面即將打烊時，他仍未離開。

「先生，不好意思，我們要打烊了。」她走到他的座位旁，輕聲知會。

他本來在讀書，紙上全是密密麻麻的英文。她偷瞄了幾眼，有看沒有懂。

「好。」他闔起書冊，收進背包，接著望向起霧的玻璃窗。「下雨了……」

經他這麼一說，她注意到噴濺在窗面的雨絲，也想起自己忘了帶傘。然而留在店裡的職員剩下她，她捏著托盤的手不禁緊了緊。

「妳沒帶傘嗎？」

他起身時，問了她，視線從仰角切成俯角。

「咦？」

「妳聽我提起下雨時，臉上的表情僵住了。」

她用托盤遮住自己的臉，有些難為情。「嗯。」

「我的傘給妳吧。」他從包裡抽出一把黑色折傘，遞給她。「我住得很近，淋點雨沒關係。」

她還反應不及，他便走向店門口。等她跟上，他已步入雨中。

愣愣地凝望他遠去的背影，浮現在她腦海的，卻是他漾著柔波的眼眸。

五

想著要還傘，她一天等過一天，但都沒等到他前來咖啡廳。直到她離職，換了新的工作，也不曾再見過他。

仔細想想，他們的確稱不上有什麼關係。若非家裡放有他的傘，她說不定會懷疑，他的存在其實是她的幻覺。

那把傘一直被她擺在鞋櫃上方。之前是為了便於攜帶出門，如果見到他就能立即歸還。現在——

無論上下班都會瞧見，特別惹眼，也特別無力。

該不會出事了？她暗想。可是，所有擔憂皆顯得多餘。如同那把，早已失去用途和歸處的，他的傘。

六

她的新工作依然為服務業。不過無需直面客人，而是透過手機聯繫。說穿了，就是傳銷，但她習慣稱其電話交易。

一日，有名客戶聽她講了很久，既沒切斷通話，更未表露絲毫不耐，還有種似曾相識的熟悉感。他們約好體驗商品的會面地點時，話筒那端忽然問了句：「妳有看見面那天的氣象預報嗎？」

她雖摸不著頭緒，仍上網查看。「陰天，降雨機率約百分之六十。請務必帶上傘具比較保險。」

「這樣啊，」客人笑了笑，「能請妳帶傘給我嗎？」

那瞬間，她明白了對方是誰，胸口忽然悶悶脹脹的。她瞥向鞋櫃上的傘——兩年了，終於能再次見到他。

七

這兩年，他變化挺大，相較之前消瘦許多，顯得有些滄桑。不變的，是他那雙眼——她忘也忘不掉的，那雙眼。

她正在構思如何寒暄，就聽他緩緩開口：「借妳雨傘的隔日，我的姊姊就因為車禍辭世了。」過於衝擊的開頭，讓她完全無法接話，他似乎瞭解她的窘迫，又繼續訴說：「她本來就是離婚的單親媽媽，又要上班、又要顧小孩，長久下來積勞成疾。或許因為過於疲憊，她過馬路時才會沒注意到車輛。」

隨著一字一句的陳述，她發現他的眼眸猶似深淵，藏著不見底的憂愁。

「我沒能守住她的兒子，他被親生父親接走了。」語到此處，他的聲音沙啞哽咽。

他的脆弱，令她心疼，卻不知如何安慰。只能抱抱他，力道很輕。他垂在身側的手，在她擁住他之後，緩緩環上她的腰。他們維持那樣的姿勢，感受彼此的體溫，並未管顧往來行人的側目。

八

當她把傘交還於他，他們之間什麼都沒有了。彼此成為再無關聯的人。不過她將他帶回了住處，沖泡咖啡給他。

他望著眼前冒著熱氣的黑咖啡，問她：「有砂糖或者牛奶嗎？」

「有。」她遞給他一只方形的糖包。「你嗜甜？」

「或許吧，」不確定是刻意抑或無心，他手一晃，整包糖都加進咖啡裡。「生活就像咖啡一樣苦澀，如果能帶些甜味會好點。比方……」說著，他看向了她。

九

他美麗棕色眼瞳映出了她的身影。她恍然察覺，兩人四目相接的那天，她的靈魂就已屬於他。

——他的雙眸是她靈魂的棲所。

【完】

野火

一

眼前看似粗魯的男孩，渾身是傷，嘴角還沾染血污。那雙銳利的丹鳳眼，微微上挑，凸顯他的憤世嫉俗。

二十七歲的她，望著他，有點無奈。覺得他像一隻小野獸，不受控。講起來很勢利，可是她被派來馴服他，既然收了錢，就該把事辦妥，是她一貫的原則。

由於他坐在地上，她必須蹲下，才能與之同高。當她把手帕遞給他，讓他稍微把臉拭淨，他卻不領情地強撐著起身。

「妳把心思花在別人身上吧，我謝謝妳。」

第一次的交涉徹底失敗，但她待在社工行業五年有餘，接觸過太多問題家庭，對於這種狀況倒也見怪不怪。

我明天再來就是了。比耐心，她從不認為自己會輸。

二

她有仔細研讀過他的家庭資料，雙親離異，他和兄長皆跟隨父親。然而父親好賭成性，還染有毒癮，前陣子被抓，關入監獄。至於他的兄長，大他七歲，經常出入聲色場所，似乎還跟一些道上兄弟往來密切。

他高二之前，都還是一名循規蹈矩的學生，未知經歷了什麼變故，突然開始翹課、打架，且與兄長關係失和。

三

「妳怎麼又來了。」

對她語氣不善的他，隔天臉上又添了幾道新傷。

「我是獲得許可的。」她一副你能奈我何的模樣。面對他，她沒太害怕，因為他的眼神並不陰狠。

「隨便妳。」

他走向臥室，砰一聲關上房門，留下她一個人在客廳。

四

後續接連幾週，他和她不上不下地僵持。

一夜，在入睡之前，她接到一通電話。來自他的兄長。她得知他負傷被送往醫院，當下還處於昏迷狀態。當她問起他為何負傷，對方卻陷入沉默，只告訴她醫院的名字，就切斷了通話。

五

他之所以負傷，是為了保護過去曾和他們同居的，兄長的前女友。

該女子和兄長分手之後無家可歸，他因一時同情偷偷將其安置在閣樓。當晚，有人找上門要將女子帶走。透過他們拉扯推搡過程的對話，他才愕然知曉女子藏有毒品。然而在女子被摑了好幾掌之後，他實在看不過去還是選擇介入。

那些人完全不是善茬，對於他一名高中生依然下了狠手。等他的兄長回到家，看到的便是滿屋子的狼藉，以及渾身是傷倒臥在地的他。

六

手術結束，醫生告訴她，他斷了幾根肋骨，身上還有不少撕裂傷，需要住院靜養，觀察是否存有後遺症。

她決定留下來陪他。

七

一整晚，她都守在他的病床旁。

清晨，他發出破碎的囈語。她傾身查看，發現他噙著淚，意識尚未完全恢復，嘴裡喃喃唸著：「媽媽、媽媽……」脆弱又無助。

她一陣不捨，輕輕握住他的手。「乖，我在。」

霎那間，他猛地睜眼，坐起身，撲向她，將她摟住。

「別這樣，你的傷會——」她並非抗拒他的擁抱，而是顧及他胸腹之間的傷口。

「妳不要走，」他埋向她柔軟的懷裡。「不要丟下我……」

她輕撫他的頭，「不會丟下你的，我向你保證。」他茶色的髮絲比她想像中柔順，摸起來很舒服。

八

她照顧了他將近半個月。出院的前一晚，他看起來十分消沉。

「明天你就能出院回家了。」她叉了一塊削好的蘋果小兔子給他。

他低著頭，悶聲回應：「嗯……」

「不開心？」

「還好。」講完，他張張嘴，但沒發出聲音。握著叉子的手顫了顫，之後一口將蘋果塞進嘴裡。

吞嚥不及的他開始劇烈咳嗽，隱隱牽動將癒未癒的傷處。

「別吃這麼快。」她替他拍背順氣。

待呼吸稍微平穩，他問她：「妳的保證，不是說說的吧？」

理解了他為何焦慮，她小幅度地點頭。

須臾，兩片溫熱又溼潤的唇瓣，貼上她的前額。那是他表達喜愛的方式，簡單又直接，毫不掩飾。

「你、你……」她捂著額頭，睜大眼睛，思緒亂成一團。

「我不會再讓妳擔心，我也向妳保證。」

他一直緊蹙的眉，終於鬆開。

九

翌日，他順利出院，也回歸校園，一切步上常軌。

而她僅偶爾前往探視，逐漸淡出他的生活。

十

他就像微弱卻頑強的野火，然而——

——星星之火，足以燎原。

時至今日，她仍沒忘記他、沒忘記那個吻。

他生澀中夾雜粗暴，卻無比溫柔的吻。

【完】

流星劃過

一

宇宙中，塵埃粒子和固體碎塊被稱之流星體。一旦接近地球，受到引力影響，很可能殞落。然而，多數流星體墜地之前，便因與空氣嚴重摩擦，燃燒殆盡，少數才會成為掉落地表的隕石。

他對於流星的認知和實現願望可謂毫無關聯。

二

他們是青梅竹馬。

那天，她由於發燒，雙頰紅撲撲的，眼神也迷迷濛濛，只能渾身酸軟地縮在自家床上。他因受她母親之託，待在她臥室照顧她。

「你真的好無趣啊。」

單是把時間限縮在當日，她就對他講了這句話三次。至於他具體有多無趣，約莫是——他擁有讓空氣突然安靜的能力。

他太理性，近乎不近人情，和幽默是絕緣體。

「小病秧子，妳早點把身體養好，就能擺脫我這個無趣的人。」他長腿一收一跨，在床邊的座椅上翹起腳，低頭閱讀厚重的書籍。

「我媽為什麼會找你來呀……」她嘟囔。

「她和妳爸爸要出差，不放心妳生病在家。」

「好吧。」她扯扯被角，把半張臉藏起。「你在看什麼書？」她從棉被裡發出的聲音悶悶的。

「和天文相關。」

她瞥到好幾條複雜的計算式，「當我沒問。」講完，她伸手去撈放在床頭的手機，卻被他制止。「妳乖乖睡覺，別貪玩。」

「小氣鬼。」她哼哼幾聲，整個人鑽進被內，不理他了。相當明顯的——本寶寶不開心了。

三

後來，她越睡越難受，他替她量了耳溫，已經燒到攝氏四十度。她不斷出汗，在床上痛苦地扭來扭去。「我會不會死掉啊？」

「別講不吉利的話。」他僅是輕捏她的鼻翼都能感受到她散發的熱氣。

她摸摸脖子，「我喉嚨好痛。」

「那妳還一直說話。」

「你不是常說科技很發達嗎？怎麼沒有感冒的特效藥啊。」

他懶得和病人計較，當她燒迷糊了，任由她碎碎唸。

「你那本天文書寫些什麼？」

他揶揄：「剛才不是一副沒興趣的樣子？」
「現在有興趣了，不行嗎？」她瞪向他，語調卻綿軟又沙啞。
「普通的天文知識。」
還真普通。她先前不過是看了一眼，現在就燒得更嚴重。
「裡面有介紹向流星許願，願望會實現的傳說嗎？」
「沒有。這話妳就留在夢裡說吧。」
「一點也不浪漫的傢伙。」她抱怨。

四

當她再度昏睡，他則蓋上書籍，走向窗邊。
其實今天午夜有場流星雨。他本想帶她到光害少的郊區欣賞，沒想到她卻意外發燒生病。
關於她提到的「向流星許願，願望會實現」，他很早以前就有所耳聞，但向來講究科學和邏輯的他，只把此事當作笑話看待。
不過，他現在的確很想向流星許願，希望她的感冒能夠早點痊癒。他不得承認自己是個相當無趣的人，卻同時也是——愛她的人。

五

午夜，遙遠的夜空有個輻射點，眾星逐而從天際劃過。

六

他將手掌合起，低聲許願——

隔日早晨，她的感冒奇蹟似地康復。他被恢復精神的她從床邊搖醒。

那一刻，他對於流星的認知和實現願望產生浪漫關聯。

【完】

映日果

一

映日果，又名無花果，花語是——無法宣之於口的愛。

二

她蜷在床鋪上，拿著手機，凝視螢幕許久。等到的，卻只有他的沉默。她索性關機，把手機塞到靠枕下，自欺地假裝毫不在乎。

他和她的這段感情，確實是她求來的，卻也遭她親手摧毀。

——如果你不是我叔叔就好了。

三

他是她父親的弟弟，兄弟兩人年齡差距極大，將近二十。相對的，他只比她年長七歲。她還小的時候，他就像她真正的哥哥，會陪她玩耍、護她安全。因此，毫不誇張地說，在她青春期以前，他一直是她的憧憬。

察覺到這份情感不對勁，是國二那年。朋友們在班上談論著戀愛話題，互相分享暗戀的小祕密。她想不出除他之外，自己曾對哪個男孩動心，乾脆地說了「叔叔」。當下，其他人皆對她投以異樣眼光，她立刻明白自己不該坦承，急忙用「我沒有暗戀的人，隨便說說的」作為搪塞。

可是她很清楚，她其實真心喜歡他，甚至是愛。

四

得知他大學畢業後將遠赴美國工作，她哭得比誰都慘，還因食不下嚥瘦了好幾公斤。

看著愈發憔悴的她，不僅她的雙親，他也相當擔心，但實際詢問她怎麼了，她總輕描淡寫地帶過，不肯表露任何心跡。

他出國的前一晚，她做好最壞的心理準備，輕敲了他的房門。

「叔叔，我能進去嗎？」她打開一小條門縫，把頭探入。

「當然可以。」他毫無防備地笑著回應。

她已走投無路，只能將一切和盤托出。她是流著眼淚說完的，而他是神情認真聽完的。事後她道了歉，打算直接離開他的臥室，當作無事發生。

然而，她的指尖剛搭上門把，手背就被他從身後摁住。

「為什麼要逃？」

「我……」她眼眶還蓄著淚水，僅僅硬憋著。當他這麼問，她的臉頰又感到一陣溼意。

他於她耳邊低語，將手環過她的腰。她以為自己在做一場不真切的夢。

──「我會很想念妳。」

雖然，他既沒說喜歡，也沒說愛。對她而言，卻已足夠動聽。

五

由於彼此擁有日夜相反的時差，他往往利用午餐時段哄螢幕另一端的她入睡。那時她往往剛洗完澡、髮尾還溼，他望著她總是叨念，要她把頭髮好好吹乾，才不容易犯頭痛。

「你回來幫我弄。」她故意以任性的口吻答道。

他無奈地看著她，「等我。」之所以不敢輕言承諾，講出喜歡和愛，其實是怕她等他太久。雖然他不認為自己能徹底放手，但她若執意要走，他大抵會選擇成全。他不想以情感作為勒贖，捆綁她的未來。

六

這般微酸微甜的時光，僅維持了一年多，就被她的父母發現。一夕之間，他成了誘引未成年姪女的惡人，而她被父母以關愛之名保護起來。這件事在親戚間鬧得沸沸揚揚，以致於他即便想要回國，也回不了了。

對此她一直很自責，認為是自己的錯，間接害了他。

直到進入大學為止，她再也沒有半點關於他的消息。

七

十八歲的她，前往外縣市就讀大學，脫離了父母的掌控。她輾轉利用各種渠道取得了他的聯絡方式。下定決心發訊息給他，卻又是幾週後的事情。

她顫巍巍地戳著手機鍵盤，輸入：**你記得我嗎？**

過了數個小時，她收到回信：**記得**。

她又傳送：**我還在等你**。

訊息很快被已讀，但她沒盼到任何回音。記得，是他最後傳給她的文字。

八

他死了。他乘坐返國的飛機遭遇亂流，在海上墜毀。

九

舉辦他喪禮的那天，作為儀式地點的寺院周圍種滿結了果子的樹木。住持見她直盯著果子瞧，摘下一顆放進她手裡，告訴她，果子叫做映日果，果內無核、果肉香甜。

或許是果子尚未成熟，她回家後切開食用時，只嚐到了滿嘴苦澀。她不禁迷惘，當初年僅十五歲的她，是否也帶給他同樣的滋味？

映日果的花，生長於果內，就像特地藏起來，不能被發現的愛戀。

——對不起，愛上了你。

【完】

再會螢火蟲

一

比起死亡，無所事事地活著，似乎更加可怕。

二

最初只是想打發時間才下載交友APP找人聊天。雖然每次聊完，免不了更加空虛，但至少交流的當下，她覺得自己被人所需。

這樣就夠了。她望著暗去的手機螢幕。又是徹夜未眠，窗外已亮起朝日的陽光，恰與手機全黑的畫面形成了鮮明對比。

她就是這樣存在於明暗夾縫間的人。

三

她不固定和APP上的任何人交談，總覺說得太多太深入，有種生活遭人窺探的赤裸感。

然而，某一晚和她相識的他，卻讓她打破了自立的原則。

好想再和他多說些什麼，一天，再一天就好。她找了許許多多的藉口，一天拖過一天。

四

她在APP上的化名是「螢」，早已忘了當初怎麼想的，總歸填了一個字。可是他卻不那麼認為，運用各種心理學理論推敲，如此取名，必有相應的因果關聯。或許，就是他過分認真的性格莫名地吸引了她。

五

她猜想，他若非本身熱愛音樂，即為相關工作者。每當討論到音樂話題，他總會顯得特別專業，且滔滔不絕。她是一位普通的繪本作家，沒賺多少錢，但也餓不死，日子渾渾噩噩、得過且過。她曾經很喜歡畫圖，不過僅限於曾經。當興趣成為職業，竟是面目可憎。

她知道自己在旁人眼裡，大抵會被定義為死宅。不過她實在不懂，為什麼宅居在家，就該去死。

似乎是躲不過的劫。人與人熟悉到某種程度，就會渴望得知對方更多。

六

當他說：**螢，我們見面吧**。之後，她整整三天沒回他消息。

她怕了。不過具體怕什麼，她不太會形容。那是一種感覺，像是習慣在夜晚出沒的吸血鬼，被扔到豔陽高照的大街上，必死無疑。即便她不是晝伏夜出的吸血鬼，但宅在家久了，性質還挺像，認為自己見不得光。

七

第三天傍晚，他傳了一條網址給她，關於欣賞螢火蟲的好景點。他說，他會在那裡等她，直到隔天黎明為止。

她讀完訊息，倒臥在床上，有點想哭、有點無奈。縱使他沒明說，她也有預感——假使她不赴約，他們若即若離的關係，將迎來結束。

八

那一晚，她沒有赴約，但到天亮都沒入睡。

黎明時分，她收到他傳的一則音檔，點入，是一首鋼琴曲。陌生的旋律，約莫為小調，聽起來略微哀愁，猶似嘆息。

他們失去了彼此。

九

她卸載了交友APP，回歸無所事事的死宅生活。

十

一個月後，她在唱片行聽到相似的旋律。

詢問櫃檯人員，得知是一張新發行的鋼琴專輯，正在播放的曲名為——

——「再會，螢火蟲。」

【完】

輯五 人間浮沉

這一生，我們都在漂泊。

目送

在情感落下帷幕時，她僅能慢慢目送它走遠。

他的菸

她把自己的愛，裝箱，運走。

漫長的夜

當愛變成砝碼，即便兩端達到平衡，情感已然失重。

霉斑

由於她的口吻過於真誠，哪怕那是假話，他也甘心被騙。

失樂園

他為她打造了一座樂園。那裡，只有他和她。

成長痛

二十公分的距離，是她在心底築起的檻，始終邁不過去。

紙箱

曾經很在意，街邊堆放的紙箱，究竟都裝著什麼？

蝴蝶骨

他刺入她身體之前，親吻了她的蝴蝶骨，就像某種虔誠的儀式。

靜脈

你說，藍色變成紅色，就能不再悲傷，我信了。

因為愛你，我浮起；因為想你，我沉落。

因為捨不得離開你，我只能在人間浮沉。

目送

一

上週，她失去了他。

狹小的居室裡，她和所有物品皆被留下。他什麼也沒帶走。

——「我過陣子想去洗照片，陪我。」

不久之前，還笑著對她這麼說的他，已經不在人間。唯有他最珍惜的相機仍靜靜地置於他們的床頭，營造出一種他尚未離開的假象。

連續哭了好幾天，她的眼皮紅腫酸澀，即使以冰涼的掌面覆蓋，依然刺痛不已。

二

他走的前一晚，他們吵了一架。起因是她在做飯時不慎割到手指，破了一塊皮、流了不少血，他看著頗為心疼，嘴上卻責怪她疏忽大意。她的傷口原已隱隱抽疼，被他一兇，尤為委屈。兩人你一言、我一語地開始爭論。如今回顧，他們的行為其實相當幼稚。

無論如何，她現在情願他能罵她，再兇都沒關係。

她是多麼想念他的聲音。

三

他們共枕的被單，由於體重差距，他過去睡的那側，仍微微塌陷，但早已沒了他的體溫，而他的氣息，亦逐漸淡去。

她決定代替他沖洗那卷膠片。

四

每逢冬季，她手腳總是冰涼。而他會拉過她的手，環上自己腰際，再輕輕地抱住她，問她暖不暖。

如今嚴冬已至，她站在街口，輕輕呵出白霧，雙手來回搓弄暖暖包，卻怎也捂不熱。

五

洗出的每張照片中，幾乎都有她的身影，關於他的反而寥寥無幾。

「怎麼不多拍自己呢？」她反覆翻覽，悄聲呢喃：「至少讓我看看你。」再一眼都好。

迄此，她乾涸的雙眸又變得溼潤。

六

在情感落下帷幕時，她僅能慢慢目送它走遠。

人終其一生，本就注定會不斷地告別。

餘下的，唯有無盡的思念。

【完】

他的菸

一

她把自己的愛，裝箱，運走。以為，可以將想念，從身上剝除。

望著空蕩蕩的房間，她笑著哭了。揉了把眼睛，踢到腳邊的東西，低頭一看，是他的菸盒。

過去，他總說，最愛的是她，接著就是菸。因為生長環境之故，他未成年就染上菸癮，比她陪他的時間還長。

他們接吻時，她會嚐到些許菸草的味道。

她拾起那只菸盒，抽出一根，模仿他的動作，用食指和中指夾住菸柄，再湊於唇前。

家裡找不到打火機，她決定出門去買。

二

買完打火機，她來到僻靜的小公園，走入無人的涼亭。坐上冰涼的石椅，她從口袋的菸盒拿了一根，銜入口中，叼著。

那天風很大，還夾帶著雨絲，菸頭變得潮溼。她用左手護著打火機，微弱的火光搖曳，她試了非常多次，都無法順利點燃香菸。

於是，她嘴裡含著菸，喪氣地斜倚亭柱，右手拇指反覆撥弄著打火機的齒輪，發出喀嗟喀嗟的聲響。她將目光偏向亭簷，那不斷滑墜的雨珠，就像成串的淚水。

他曾告訴她，吸入菸草時，闔上眼，會感覺體內的空虛得以填滿；呼出薄煙時，睜開眼，則感覺部分的憂傷因而濾除。最初，他的確也嗆得死去活來，但習慣之後，抽菸期間，是他離自己最近的時刻。

過去有好幾次，他在她面前晃動菸盒，問她要不要試試。她皆輕聲婉拒，繼續安靜地注視他抽菸的動作。

每當香菸燃盡，他會把它摁熄，落下一地餘灰。那些如塵般的粉末，彷彿是他對人間殘留的依戀。

她知道，他最愛的從未是她；他最愛的另一個她，很早就不在了。

三

她還愛他，也還想念他，但她不是另一個她，始終無法取代，所以她選擇放手。

哪天，他和她若偶然相遇，比起千言萬語，她會送他一盒香菸。讓他向它傾訴一切，將嘆息融入那一吸一呼之間。

【完】

漫長的夜

一

凌晨三點五十七分。

她端著一杯溫開水，走到書桌前方，盤腿窩上鬆軟的單人沙發。點開電腦螢幕，和他的聊天視窗，畫面依然顯示已讀不回。一週了。

失眠在這樣的日子徒令夜晚變得更加漫長。

二

或許是厭煩了、疲憊了，一次次的意見相左，他們將彼此磨損。曾經的和諧，彷彿是遙遠的事情，她都快不記得了。

——要分手嗎？

這是她鼓起勇氣，向他傳的最後一封訊息，但他始終沒有答覆。

三

那日，當她提及分手，他望著螢幕，遲遲無法回神。

他們交往三年，說長不長、說短不短。近來，彼此經常把愛放上天秤，講求一人一半。誰付出多了、誰得到少了，好像都是吃虧。當愛變成砝碼，即便兩端達到平衡，情感已然失重。

他躺在床上輾轉反側，不知道該不該答應分手。

四

終於，第十天，她收到他的回信。短短六個字——**我們見面談談**。

還有什麼可說的？她那時正在搭公車，讀完訊息，就將手機塞回包裡。好幾日徹夜無眠，她精神渙散、睏倦不已。

下車，步行回公寓，在接近大門口時，她見到一抹熟悉的身影。

五

他們目光交錯的瞬間，她臉上滿是困惑。怔在原地片刻之後，她選擇掉頭離開。

仗著身高優勢，他一下子就追上她。她很慌，漫無目的地擠過人群，在街道上亂竄，甚至沒看號誌燈就朝斑馬線上衝。

他急忙拉住她，將她帶往懷裡。「有沒有受傷？」他低頭檢視她的狀況。她甫驚未定，唇色蒼白，說不出話。「別做傻事……」他拍著她的背部安撫。

待情緒稍微緩和下來，她在他臂彎中掙扎。「放開我。」

「不行。」

她無奈地望向他，發現他眼下暈著淡淡青黑，下巴的鬍渣也沒刮乾淨，整個人顯得憔悴不堪。「你到底想怎麼樣？」

「我……」

被她一問，他答不出話，箍著她的雙臂也陡然鬆開。

六

捨不得。

他們攜手創造的回憶、共同追逐的理想，他都捨不得失去。

「對不起。」他再度緊緊摟住她。

這一次，她並未反抗，只輕輕地問：「我們還能相愛嗎？」

「我想與妳相愛。」即使找到相似的人，那也不是她了，他只要她。

「嗯……」

其實不單是他，她同樣沒勇氣放手。

七

兩人重回彼此的生活。

仍舊時而甜蜜、時而爭吵，但學會了珍惜。

擁有對方的日子，夜晚不再漫長、他們不再失眠。

【完】

霉斑

一

和她一起在超商打工的青年總是戴著黑色口罩，高大且沉默寡言。

二

基於對他樣貌的好奇，她總是千方百計的試圖讓他脫下口罩。

當她給他一顆糖，他瞟了掌中的糖球幾眼，隨即將它收入圍裙口袋。為此，她並不氣餒，後續又多次邀他一起用餐，但他一概婉拒。

直到某天，她謊稱自己生了重病，死前想看看他的臉，他竟答應了。

三

藏在他黑色口罩底下的，是一張白皙俊秀的面容。

她最初以為，他右顴骨上有個刺青。稍微湊近，才察覺，那是個淺青色的胎記，約為一個指節大小，花朵形狀。

「後悔了吧？」他其實明白她在說謊，但見她一天天想方設法，為的就是一睹他的長相，今日乾脆順著她、遂了她的心願。

「後悔？」她偏著頭，有些不解。

「不覺得很醜嗎？」他用拇指撫過胎記的位置。「就像磁磚上長了霉斑一樣。」

她聽出他語氣裡的自卑，不禁對於冒犯的行為感到後悔。不過她一點也不認為他的胎記醜陋，甚至相當喜歡這枚別緻的印跡。

「我不覺得醜。」她挪開他的拇指，改用自己的觸碰。「它是你的一部分，它很美。」

四

半年後，她順利從大學畢業，找到了一份正式的職務。

工讀最後一日，在超商店面的後巷，她踮起腳，脫下他的黑色口罩，輕啄那枚胎記。他無動於衷，任由她柔軟的唇貼上他冰涼的肌膚。

待她的後腳跟重新點地，他垂眉問她：「這算什麼？」

她笑中帶淚，「離別的吻。」

——再會了。

五

一個多月後，她搬離了原本居住的房子。

抵達新居，她開始著手清潔衛生。輪到浴室時，她發現，洗手台旁邊的白磁磚上有塊小小的霉斑。

——「不覺得很醜嗎？就像磁磚上長了霉斑一樣。」

想起他的話，她忽然捨不得將之去除。

【完】

失樂園

一

他為她打造了一座樂園。

那裡，只有他和她。

二

從小到大，她在學校飽受欺凌，他是她唯一的朋友。每當她受到傷害，他總會挺身而出。

中學時，她被一群女生反鎖於校內的儲物間。凌亂的空間中，她縮在角落無聲哭泣。幾個小時過去，又是他出現救了她。

她用手背來回抹淚之後，在他的掌心寫下：謝謝。

「妳沒事就好。」他微笑著揉揉她的頭。

接著，她又畫了一個問號，示意：你是怎麼找到我的？

他愣了片刻，答道：「直覺。」

三

升上高中，情況仍舊沒有改變。

某個冬季早晨，她又遭人困在校舍頂樓，凍得直打哆嗦。過了將近半小時，她實在冷得不行，只好躲到位於背風處的水塔後方。

不一會，頂樓的鐵門被人推開，但她的腳麻得站不起來，困在原地焦急不已。

那時，她聽到熟悉的叫喚。

——是他。

四

他在頂樓來回走動，卻遲遲沒找到她。他拿出手機，撥打了電話。

「喂，搞什麼？不是叫你們讓她待在頂樓，人呢？」

她遠遠地聽到他那麼說。

「別開玩笑了，什麼叫做不知道？」

她以雙手撐著地站起，緩緩朝他走去。

由於他背對著她，並未發現她接近，只是繼續對著電話咆哮：「萬一她發生危險，你們能負責嗎？」

她輕輕點了點他的肩膀，他的身子猛然一僵，回眸，瞬間放下手機。

「妳……」

五

她不笨，卻又捨不得質疑他。長久以來，他是她的全部。

她搶過他的手機，打開通話紀錄，一整排都是欺負過她的人。太多情緒瞬間在她胸腔翻騰、滿溢而出，她的雙頰不斷有淚水淌過。

「對不起……」

她搖搖頭，不肯接受他的道歉，用力把他的手機砸在地上。手機螢幕出現蜘蛛網般的裂痕，猶如他們如今的關係。

不過，出乎他預料，她雖抬起了手，卻沒有打他，反倒勾住了他的後頸，將他拉向自己，輕輕咬了下他的耳尖。

六

她明白，他其實比她更膽小、更怕寂寞。這段情誼已然扭曲，可是從中萌生的愛，卻又真實無比。所以，就算要繼續活在謊言中、被蒙在鼓裡，她也願意。

七

他為她打造了一座失樂園。
未來，仍只有他和她。

【完】

成長痛

一

青春時期，身高抽長過程肌肉與關節撕扯所造成的痛楚，被稱為成長痛。然而，她發現，自己的成長痛，是因為他。

二

她的身高遠超過周圍女性的平均身高。

小時候，她總會被誇——個子這麼高，長大後一定很適合當模特兒。不過，事實證明，她最終成為了身材高眺的普通人。

三

他是她的高中同學，個頭比她矮了將近二十公分。兩人因緣際會當了好幾回鄰桌，總被旁人揶揄是長短腿組合。她相當介意，他則不以為意；她不時愁眉苦臉，他通常笑臉迎人。

一天上課前，她壓低音量問他：「被大家那麼說，你不覺得討厭嗎？」
聞言，他露齒而笑，「我只討厭自己的身高，但不討厭妳。」

四

察覺喜歡他，已為畢業前夕。
二十公分的距離，是她在心底築起的檻，始終邁不過去。
每當別的同學問她：喜歡怎麼樣的男生？她一律回覆違心之論——比我高的。藉以逃避並說服自己，她不可能和他在一起。

畢業之後，他們疏於聯繫，漸行漸遠。

五

出了社會之後的某一年，有高中同學召集大家舉辦了一場同學會。那日，她很早就到場，他卻遲遲沒出現。
聚會接近尾聲時，她才耳聞他去年出了車禍，傷勢頗為嚴重。雖未危及性命，卻被迫坐上了輪椅，且終身不良於行。他因此不願出席，自認會破壞氣氛。

六

她四處打探他住處的地址。

獲得後，她多次前往，但他一概拒絕見面。

七

一日早晨，她在趕赴公司的途中意外遇到了他。他正轉動著輪椅的手輪圈，艱難地爬上無障礙坡道。她見狀，急忙上前，從後方握住輪椅的手把。

感受到那突如其來的推力，他詫異地回頭，對上一張熟悉的面容。確定是她之後，他只想逃離現場，卻無能為力。

「別管我，」他低下頭，沉聲哀求：「算我拜託妳。」

她不從，執意繼續推他前進。

「現在也不用介意高矮了，」他自嘲地說：「我不過是個廢人。」

當下，他們正好抵達平面。她繞到他身前，紅著眼，捧起他的臉，迫使他抬頭。「不許你這麼說！」

如此頹喪、潦倒、挫敗，完全不是她記憶中開朗的他。

「我能怎麼辦？我的一生已經毀了。」

她彎下腰，緊緊抱住了他，話音哽咽：「你的一生才沒有毀。」

他的身板原先繃得很緊，後來逐漸放鬆。這一次，換他問她：「被大家那麼說，妳不覺得討厭嗎？」

她怔忡半晌，隨即會意過來。「我不討厭自己的身高，也不討厭你。」

兩人相視一笑，心裡明白，所謂不討厭的近義詞。

八

他曾是她的成長痛。

二十公分的身高差異未變，彼此之間的距離卻縮短了。十五公分、十公分、五公分……

望著他逐漸靠近的面龐，她在心中默數。

【完】

紙箱

一

曾經很在意，街邊堆放的紙箱，究竟都裝著什麼？不過，她從未真正替自己解惑。

雨天的時候，那裡經常徘徊著野貓野狗。牠們總用無辜的眼神望著她，似在說——請帶我回家。

二

某個陰雨的傍晚，她住家附近的紙箱旁站了一名男人。他的面龐半掩於黑色大傘下，看不清表情，但能聽出他說話時含著笑意。「如果我被丟棄在紙箱裡，妳會撿我回家嗎？」

「才不要，」她沒撐傘，任由雨絲落向她。「我住的公寓禁養寵物。」

他聽著，向前了一步，傘面微微揚起。「我不是寵物。我能幫妳做家事，也可以疼愛妳。」

「……你究竟想表達什麼？」她不自覺地後退。

他把渾身溼透的她按進懷裡，讓她被罩在黑色大傘下方。

「撿我回家，我會照顧妳一輩子。」

三

她在紙箱內放入食盤，又倒入不少貓糧。一旁髒兮兮的三色貓提防的朝她喵叫。後來估計是捱不住餓，牠試探地用前爪碰了碰盤沿後，就狼吞虎嚥了起來。

見牠吃的兇猛，她出言勸道：「別著急，我還買了牛奶呢。」

四

她做了美好的想像。

現實是，那裡不會有男人，依然只有野貓野狗。

五

如果有人問她，她的生活中缺乏什麼？她可能會下意識地回答——我少了一只裝著流浪動物的紙箱，以及願意讓我撿回家的溫柔男人。

【完】

蝴蝶骨

一

他刺入她身體之前，親吻了她的蝴蝶骨，就像某種虔誠的儀式。

二

他說，她的身材纖瘦，蝴蝶骨突出，和翅膀一樣，非常美麗。橫在一旁的內衣肩帶，藏青色的，與她雪白的肌膚形成鮮明對比。不過，內衣於此刻有些礙事，於是他輕輕將肩帶挑開、解下背扣，使其整件滑落。

三

她依然很疼，即便他的動作無比輕柔。

四

當她仰起頸部，他以寬厚的掌，摁住她的身子。「別動。」

反覆的痛楚讓她的肌膚沁出一層薄汗，呼吸也略微急促、口中溢出呻吟。

「……還要……多久？」

「快好了，」他安撫她，「再忍耐一下。」

五

那是他們最後一次見面——他留在國內當刺青師，而她遠赴異地成就夢想。

那天，他在她的蝴蝶骨上刺了一對美麗的翅膀。

——祝福妳，即使沒有我，也能夠自由飛翔。

【完】

靜脈

一

靜脈，埋在肌膚之下，往往都是缺氧的。

二

那年她只有八歲，騎單車跌倒，膝蓋擦破了皮，滲出一點血。當日攜她出門的他內心愧疚，單臂抱起她，另一手勾著她的單車，送她回家。

他替她處理傷口時，她問：「為什麼血液在體內是藍色的，流出來卻變成紅色的？」由於無法向年幼的她解釋光學和錯覺，他說：「它得到了愛，不再悲傷，所以從藍色變成了紅色。」

三

升上中學，在學校學到了生物知識，她明白當初他騙了她，但她並不生氣。因為自從他從隔壁搬走，再也沒有人會陪她玩耍。

四

她望著自己的手腕，那裡有幾條細長而蜿蜒的靜脈。淡藍色的、靛藍色的、紫藍色的。她知道，如果切開，會是紅色的。

——你說，藍色變成紅色，就能不再悲傷。我信了。

五

在失去意識之前，她得到了愛。

六

少女，藏在暗室之中，往往都是缺愛的。

【完】

輯六
就此別過

有些人，始終無法挽留。

黑與白

他們走進屋內，裡邊空無一人，僅有一架鋼琴。

參差

她所失去的，不只參差不齊的瀏海，包含無疾而終的單戀。

將醒

他的一切如此純白，猶如跌入人間的天使。

夕陽西下

他包辦她生活所需的一切、完成她大大小小的要求。

許願

一時興起，買了一個蛋糕給自己。現在有點後悔。

離別倒數

你真的能接受這樣的我嗎？骯髒的從不是你，而是我。

荒蕪

他知道這是一場夢，但醒不過來。

擱淺的回憶

我說，我回海裡游泳，你信嗎？

散場

不僅螢幕裡，甚至我的夢境，都是妳，也只有妳。

他們路過你、路過我，擦身之後，就此別過。

黑與白

一

上個月，他搬進一間牆板極薄的公寓。由於隔音效果有限，總能聽到鄰居們的一舉一動，可謂毫無隱私。

唯獨隔壁房間，始終安安靜靜，只在午夜時分，會傳出悠揚的鋼琴聲，輕柔動聽。

二

他想知道是誰在彈奏鋼琴，但不曾遇過任何人自隔壁走出。

三

某次，他隨著隔壁彈琴的旋律哼歌。沒過多久，住在樓下的房東就找上門，指責他唱得太過難聽、相當擾鄰。

四

一天早晨，他在隔壁的門縫中塞了一張字條——願意和我見一面嗎？

五

晚間下班，他再度經過對方門口，發現字條不見了。

六

每個靜謐的夜，琴聲依舊。然而，那人始終沒有現身；他認為，這或許是委婉的拒絕。

七

又過了半個月，他看到房東在大門口張貼租屋廣告，而準備出租的那間房，正位於他住處隔壁。

「這是怎麼回事？」他指著那則廣告。

房東邊貼邊回：「租屋啊，一直空著也不好。」

「空著？」他愣住，「裡面明明有住人。」

「以前確實有，但現在沒人。」

他深深困惑，「可是我每晚都聽到琴聲。」

八

房東將信將疑地和他一起上樓，按下他隔壁的門鈴。等待許久，沒人出來應門。後來房東實在不耐煩，直接用備份鑰匙打開了房門。

一股夾雜著灰塵的霉味撲面而來。他們走進屋內，裡邊空無一人，僅有一架鋼琴。

鋼琴擺放的位置，緊貼著隔開彼此房間的牆板。

九

房東問他：「你說聽到鋼琴聲，是真的嗎？」

「真的。」他點頭，「會不會是其他房客來彈？。」

「不太可能，他們應該不敢過來。原本住在這裡的女學生，半年前因病辭世。她在附近的大學就讀音樂系，主修鋼琴。」房東撫上佈滿灰塵的琴鍵，隨意按下幾個音。「這台鋼琴是她的私人物品。」

琴弦久未調整，早已失準，無法彈奏。

他怔然地望向那相間的黑與白。即使只差半個音階，終究無法互相企及。

十

當晚，隔壁再度響起琴聲時，他輕輕敲了敲牆板。

「妳在嗎？」

從未出錯過的演奏倏忽跑了一個音，繼而停止。

「我聽說妳的事情了。」他用背部倚著牆面，緩緩坐下。「對不起，今天擅自進入妳的房間。」他想和她溝通，但只能自言自語：「妳是不是有未了的心願？」

他話一落下，琴聲再度流瀉，演奏了憂傷的小夜曲。

「妳的意思是，希望能保留這台鋼琴嗎？」他接著又說：「對的話，彈一個單音；如果錯了，就彈兩個音。我試著猜到對為止。」

隨後，他聽見一個簡潔的單音。

「我會努力達成妳的心願，謝謝妳每晚彈琴給我聽。對了，妳覺得我哼歌難聽嗎？」

又一個單音落下，比先前稍輕。

「真過分，竟然不否認。」他忍不住笑了。

十一

那架鋼琴屬於她的遺物。她的家人不願意替她帶回，房東也不敢擅自處理，只好擱置於她曾經承租的房間。如今他願意將之挪至自己住處，房東毫無懸念地欣然接受。

十二

他再也聽不到她彈奏的優美旋律，但她的鋼琴一直陪伴在他身旁。

【完】

參差

一

再次把瀏海剪壞了。

她瞧了瞧手中的兇器，又朝鏡子瞄了一眼。

真難看。

二

她前往理髮店找他。

三

「幫我。」她趴在櫃台，用指尖撥了撥自己的瀏海。

他見到她那狗啃般的慘狀，「怎麼又弄成這樣了？」

「不好嗎？能證明你的存在價值。」她微笑。

「哎，過來吧。」他走出櫃台，領她至無人的空位。「坐好。」

她坐下後，回過頭問他：「紅茶呢？袍子呢？不可以差別待遇。」

「是——是——」他無奈地揉了她的頭，「別著急。」

四

理髮過程，她大多時候閉著眼。

他的動作快速又俐落，喀嚓喀嚓的剪髮聲此起彼伏。為檢查是否確實修剪整齊，接近完成時，他蹲低身子靠近她，並輕聲叮嚀：「別亂動。」

此刻的她，不僅不敢亂動，甚至屏住呼吸。

「好了。」說完，他重新站直，繞到她身旁。「滿意嗎？」

她睜開眼，端詳了鏡中的自己一會。

「滿意。」

五

她依然動不動就剪壞瀏海。頻率約莫為兩個月一次。

六

那天，當她又頂著糟糕的瀏海走入他的店面，恰好目睹他與一名女子緊緊相擁。女子勾著他的脖子，整個人貼著他。他的手則環過對方的腰，彼此舉止十分親暱。

他見她踏進店裡，慌忙輕輕推開身前女子，表情略微尷尬。女子離開後，他對她說：「抱歉，我女友忽然來找我。」

七

剪完頭髮，他如常地問她：「滿意嗎？」

她望著鏡面，笑答：「滿意。」

實際上，淚水早已模糊了她的視線，她根本看不清自己的模樣，但她竭盡全力憋著，沒讓半滴溢出眼眶。

八

在那之後，她把瀏海留長，撥至一側，再勾到耳廓背面。

九

她所失去的，不只參差不齊的瀏海，包含無疾而終的單戀。

【完】

將醒

一

每一晚，她重複做著同一個夢。

二

他站在公寓頂樓，腳尖貼著建築邊緣，和她相隔一段距離。

「你……」她淚流滿面地杵在原地。

他背對著她，聽到聲音，回過頭。

「對不起。」

三

那是一個斷點。她總會驚醒，懊惱地用雙手抓弄頭髮。偶爾不慎過於用力，會扯下幾根，有些刺疼。

四

——如果，我當時能夠阻止你的話……

不對。她拉起厚重的棉被，蓋住整張臉。

從一開始她就錯了。

她沒資格阻止他。

五

晨起，她前往熟悉的醫院，乘上電梯，走向他的病房。

六

他全身裹滿紗布，四肢打上石膏，一動不動地躺在病床上。他的一切如此純白，猶如跌入人間的天使。

七

半個月前，他當著她的面，從公寓頂樓一躍而下。

雖然警方研判該起事故純屬自殺未遂，但她始終認為自己是摔傷他的兇手。

八

她差點親手終結自己兒子的性命。如今，他仍昏迷不醒，而她噩夢連連。

九

「我不會再要求你得到第一、不會再逼迫你各科要滿分，更不會再禁止你所有興趣……」
她跪倒在病床邊，不斷哭泣。
「是我錯了。你已足夠優秀，我卻貪得無厭。」

十

一週後，她做了不一樣的夢。
夢裡，她勸住了他，他沒有墜落。
她抱著他，向他道歉：「對不起，我是個失職的母親。」
他釋然地微笑，拍了拍她的背。

十一

翌日，她緩緩從枕上睜眼。

床頭的手機微微震動，她拿下一看——

——跌入人間的天使，回到了天堂。

【完】

夕陽西下

一

以前，她很喜歡夕陽西下的時刻。

那代表接近放學，她可以回家。

他總會在家裡等她。

二

他是個——對社會無能為力的狀態感到失望的人。網路辭典為他如此註解。

由於實際情況過於複雜，鄰居多半簡稱他為「繭居族」。

對此，他總會不悅的微微蹙眉。

三

大部分的時間，他若非坐在電腦桌前，就是窩在床上。

她不太清楚他究竟在做些什麼。

四

那些年，當她回到家，第一件事扣除洗手，就是衝向他的房間。

「我回來了。」

她常用自己光滑的小臉蛋輕蹭他長滿鬍渣的下巴，刺刺的、癢癢的，但她很喜歡。

「晚餐想吃什麼？」他摸摸她的頭。

她退開，原地轉一圈，百褶裙形成了一個圓。「都可以。」

聽到她的回答，他拖著步伐，從房間走到廚房，看看冰箱裡有什麼食材。如果內部空空如也，他會塞幾張鈔票給她，讓她出門採買。

五

吃晚飯時，她偶爾會問他：「你一個人在家不無聊嗎？」

「一點也不。」

印象中，他常用拇指揩去她唇角的飯粒，又毫不猶豫地放進自己嘴裡。

「有我在，還是更有趣一點吧？」她試圖強調自身的重要性。

他哂笑，「當然。」

六

她很久沒見過爸爸媽媽了。

他包辦她生活所需的一切、滿足她大大小小的任性。唯獨出門一事，他從不妥協。

其他人都說，他是她的哥哥，但他要她叫他「歐尼醬」。

她一開始不太願意，因為她只吃過番茄醬、甜辣醬，不知道歐尼醬是什麼滋味。

每當她這麼告訴別人，總會收到鄙夷或同情的神色；至於她為什麼懂得那些表情，因為爸爸媽媽向來都那樣看待歐尼醬。

七

一日清晨，他突然換下家居服，穿上正式的外出裝扮。她睡眼惺忪地望著他，不明白發生了什麼事。

「我出門一下，傍晚就回來。」

八

後來，他沒有回家，但她在新聞上看到他的名字。

九

過了幾天，她久違地見到爸爸媽媽。
他們告訴她，他參加了一場電玩網聚，當中有人吸毒、精神異常，失手殺掉了他。
她點點頭，知道他死了、知道他打電玩，但不懂什麼是網聚。

十

如今，她遙望著夕陽西下的時刻。
身上的制服是歐尼醬最愛的水手服。

但他已經不在家了。

【完】

許願

一

她很久沒過生日了。

一時興起，買了一個蛋糕給自己。

現在有點後悔。

二

她在蛋糕中央插上蠟燭。熄燈，用火柴盒擦亮一根火柴。

注視著搖曳的火光，她莫名想起某則童話故事。

三

當火柴燒盡，她劃了下一根。

反覆地一根接著一根。

不過，任何幻影皆未出現。

四

童話故事果然都是騙人的。

她明明燃亮了火柴，卻沒見到辭世的他。

五

將最後一根火柴燒完時，她仍未點著蠟燭。

在整片黑暗中，她已無法許願。

六

曾會幫她慶生的他，早就不在了。

她即使許願，他也不會回來。

七

她不喜歡過生日。

因為總會讓她想起他。

【完】

離別倒數

一

那一瞬，她的世界靜止了。

二

最初，他不愛牽手，覺得自己容易弄髒她。

「怎麼會呢？」她捧起他的手，用臉頰輕蹭他的掌心。

他苦笑，「也只有妳不嫌棄。」過去他交往的女友，沒一個能接受他不時會沾上油污的雙手。

他注意到她眼角的瘀傷，相較之前顏色變淡許多，但仍讓他十分心疼。她察覺他的視線，笑著對他說：「快好了。」

「嗯，記得按時抹藥。」

「等好的時候，我們就結婚。」

「一定。」

他許諾，握緊她的手。

三

他送她回家後，她照了照鏡子。其實使用妝容遮瑕就可以掩飾那些青紫的痕跡，但她想等它們痊癒再迎接嶄新的生活。

與家暴和負債為伍的過去，她再也不想要了。不過——

她褪下所有衣物，端詳赤身裸體的自己。那是個連她都不忍直視的軀殼。上面縱橫交錯著深淺傷痕，還有香菸燙出的一個又一個凹疤。

——你真的能接受這樣的我嗎？骯髒的從不是你，而是我。

四

一天、一天，又一天。

瘀傷越來越淡，她的心情也為之雀躍。快了，就快了。

五

然而，就在她臉上看不出瘀傷的那日，她接到了前夫的電話。

她的前夫是他的同事，他和她之所以相識，正因她的前夫曾帶他回家用餐。當時他隱隱感到她的不對勁——她臉上的笑容極為逞強，舉手投足一驚一乍，猶如一隻脆弱的小動物。

他趁著她前夫醉倒，詢問了她詳情。她原本不願坦白，但逐漸被他的溫柔所說動，才將一切一五一十地告訴他。

他為之震怒，想告發她的前夫，而她攔阻了他，表示日後將和他離婚，她已心力交瘁，不想再捲入官司。

那通撥來電話沒有聲音，很快就被掛斷，但她內心浮出不好的預感。

六

她試圖聯絡他，想提醒他在外要注意安全。她不怕前夫傷害自己，可她無法承受他連帶遭殃。

整整一個多小時，她都沒收到他回覆，便想到他的工作地點看看。然而她剛打開家門，她的腹部就被人刺了一刀。在意識尚存的最後幾秒，她目睹了一抹猙獰的笑。

——果然，我沒資格獲得幸福吧。

七

那一瞬，他永遠地失去她。

【完】

荒蕪

一

她捧著一抔土，臉上漾著笑容。「你看，四葉草。」

「嗯，我看到了。」他用手背抹去她頰邊沾上的泥。

「送你。」她挑出了四葉草，遞給他。

他接過四葉草，看了看她。「送我？」

「祝你幸運。」

「謝謝。」他淺淺勾唇，「我會回來的。」

「約好了。」

他們輕輕以小指拉勾。

二

夜晚，他緊擰著眉，獨自坐在客廳的沙發上。最近他總是想起從前的事——關於那年夏季、那位女孩，以及那份約定。

他和她皆出生於農村，但他的家庭環境遠好於她。高中畢業之後，他赴往外國求學，並在歸返時留在大城市工作。他每個月固定寄錢回家，卻從未親自探視親友。他明白鄙夷過往的心態十分可恥，但為了不受旁人指指點點，他選擇劃清關係、不再回顧。

「還不睡嗎？」

他的妻子邊捂著呵欠的嘴從臥房走出。

「我再一下就去睡。」他按了按酸脹的太陽穴。「妳先回房裡。」

三

「你明明答應過我。」她流著眼淚，用髒兮兮的小手扯著他的襯衫下襬。「為什麼從不回來？」

「我……」

他已經成年，她卻仍是少女。他知道這是一場夢，但醒不過來。

「騙人、大騙子……」她撲進他懷裡放聲大哭。

他撫摸她柔軟的褐髮，「對不起。」

四

清晨，他渾身是汗地睜眼。即使已經獲得休息，他依舊疲憊不堪。

「我可能得回家一趟。」他緩慢從床上坐起。

「嗯？」他的枕邊人還迷迷糊糊。「你不是一直在家嗎？」

「老家。」

他必須回去，回去完成七年前的約定。

五

他搭乘長途車返回家鄉。雙親見到他時，不由的因為過於激動而落淚。互相聊完近況之後，他問起她的事：「她還好嗎？」

父母面面相覷了好一會，才艱難地告知他實情。

六

三年前，她蒙受家人威逼，嫁給當地的一名富商。然而，她的婚姻生活並不美滿，丈夫經常夜不歸宿，更與多位女性有染。某次當她出言相勸，竟遭醉酒的丈夫打成重傷，進而住院並離了婚。

奈何是思想保守的農村，發生了這麼大的事情，她根本不可能再嫁。又因雙腿負傷，她找不到太好的工作，過得落魄潦倒，如今下落不明。

七

聽聞關於她的種種，他的拳頭愈攥愈緊，指甲更深深陷入掌心，按出了好幾道紅痕。

「我出門一趟。」

他的母親攔下他，「你要去哪？」

「附近而已，別擔心。」他緩緩鬆開拳頭。

八

不久，出現在他眼前的，是一片荒蕪。

她曾贈與他四葉草的約定之地，此刻儼然成為寸草不生的廢田。

他頹然地跪坐在軟泥上，學她從前那般，捧起一抔土。自指縫間滑落的，除了棕黑色的砂泥，還有他們之間的回憶。

——「對不起，我回來了。」

【完】

擱淺的回憶

一

高中時，一日放學，她對他說：「你知道擱淺嗎？」

他當下在拍板擦，「應該是指船隻或魚漂到陸地，卻無法回到水中吧。」

「嗯。」她在一旁擦窗戶，「哪天我擱淺了，你會救我嗎？」

「妳是人類，怎麼擱淺？」他揚起雙唇。

她眨眨眼，回以微笑。「說得也是。」

二

那一陣子，她午休總是不見人影。他找遍校園，也沒尋到她。直到下午第一節課開始，她才會慢悠悠地晃回教室。

他轉頭詢問坐在後方的她，「妳中午去哪？」

「我說，我回海裡游泳，你信嗎？」

他無奈地望著她。

「你果然不信。」

「別發生危險就好。」他拿她沒轍。

回過頭，看向黑板之前，他發現——她的髮梢是溼的。

三

某天，他刻意跟蹤她，想得知她消失期間究竟躲在哪。他不動聲色地尾行她至圖書館，發現她敲了一間小型會議室的門幾下，接著便走了進去。

他站在門外，踟躕著該不該偷聽。最終在好奇心驅使之下，他將耳朵附上門板。

沒過多久，他的理智轟然崩塌。

四

從會議室傳出的，是她脆弱的呻吟，以及肉體碰撞的聲音。他就算再遲鈍，也能猜出裡面在做什麼。

他陷入瘋狂，想要撞破那扇門，將她帶出。然而，他同時也無比恐懼，深怕會摧毀原有的一切。

驀地，他憶起她說過的話——

「哪天我擱淺了，你會救我嗎？」

「我說，我回海裡游泳，你信嗎？」

他不再猶豫，靠著蠻力撞開了門板。

五

那是一樁校園性侵案。男導師脅迫她發生關係，如今已移送法辦。

六

在她轉校的前一天，他帶著她前往一間空教室。確認短時間內不會有別人經過，他才伸手緊緊摟住了她。

「妳為什麼不早點告訴我？」他的語調充滿自責與懊悔。

她輕拍他顫抖的背，「因為你肯定會像現在這樣。」

「妳……」他講不出話。

她把臉埋向他胸前，「過去了，都過去了。」

七

待她轉校，他們失去聯繫，但他始終無法忘記她。

——她在他心中，成為一生擱淺的回憶。

【完】

散場

一

螢幕裡，她煢然獨立，輕歌一曲。

二

電影畫面逐漸淡去，陷入無盡的黑。

剛才劇中的女子，他其實再熟悉不過，卻也遙不可及。

曾幾何時，他只能以目光追逐她，並強留她在自己心上？

三

雖然那一夜，是他推開了她，向她告別。

「妳走吧。」

她的雙眸溼潤，「你真捨得？」

「假如我說捨不得，妳就會留下嗎？」見到她沉默，他無奈地笑，「不用自欺欺人了，各過各的日子比較好。」

四

她離開他之後，順利地進入了大眾的視野。那些關於她的悲歡，不再專屬於他。他深知，如果不讓她走，她是真的不會走。可是他不想當個自私的男人，他希望她能追求理想與自由。

他的愛，對她而言，無疑是束縛；她的愛，在他心中，已然是所有。

她失去他，仍能向前邁進；他失去她，唯有原地踏步。

此刻，他已無法觸及她勾起微笑的唇角，無法摩挲她流下淚水的眼眶。隔著螢幕，他感受到的一切，沒有任何溫度。

五

回家前，他走進一間日式居酒屋。拉開店門的瞬間，濃煙與酒味撲面而來。這樣的塵俗，更襯他的平凡，而她並不喜歡。

酒意微醺之際，他隱隱想起她的笑。

——不僅是螢幕裡，甚至我的夢境，都是妳，也只有妳。

他始終放不下她。

六

螢幕外，他孤身一人，輕嘆幾許。

【完】

後記
致所有相遇

所有該發生的，都已經發生。一如我和你的相遇。

輯一，倚近——
總有那麼個人，因你溫柔。

輯二，青春邊境——
青澀時光裡，你充滿迷惘、徬徨和不安。

輯三，習慣失去——
當世界走得太快，你更需要慢下來。

輯四，別哭了——
你知道嗎？你的淚水，令人心疼。

輯五，人間浮沉——

你注定於紅塵中徘徊，反覆地尋找自我。

輯六，就此別過——

生命中，我們必須學會告別。

二〇一五年，我寫下本作的第一篇故事〈故夢〉，以及最末的〈散場〉。後續三年，生活的繁忙迫使我捨下文字，抑或者，其實我不過在逃避從前的自己，不敢面對曾經走過的斑斑痕跡。

回顧過往，那些無以名狀的痛苦和掙扎，至今皆成為能令我微笑的美好。一次次的墜落、破碎，與黏合，讓我在瑕疵中完整。

感謝所有陪伴著我的你。深信，故事終將結束，而我們未完待續。

二〇二〇年一月三十一日　黎漫　台北

出版後記

是你的記得

若要說《倚近》裡有什麼，或許是我過往的妄念。

當失眠成為習慣，清醒的時間變多了。似乎不是一件壞事。夜晚是如此安靜，安靜到剩下自己的呼吸。

重新編修《倚近》多半在凌晨。沖泡一杯熱飲，輕敲鍵盤，潤飾過往的文字。想不起為何寫下，但那確實是我曾經的面貌。每一個他和她，都曾走近彼此，走近我。

而今，願我與他們，能夠走近你。

前一刻的我已經死了。是你的記得，延續了我的存在。

感謝秀威出版社與霽恆編輯，讓《倚近》能以實體書形式出版發行。與此同時，也感謝每一位過去或現在閱讀了《倚近》的你。

感謝你，找到了時光深處的我。

二〇二五年一月二十七日　黎漫　台北

要青春120　PG3165

要有光 FIAT LUX

倚近

作　　者　黎　漫
責任編輯　吳霽恆
圖文排版　陳彥妏
內頁設計　禾　風
封面設計　禾　風
封面完稿　嚴若綾

出版策劃　要有光
法律顧問　毛國樑　律師
製作發行　秀威資訊科技股份有限公司
114台北市內湖區瑞光路76巷65號1樓
電話：+886-2-2796-3638　傳真：+886-2-2796-1377
http://www.showwe.com.tw
劃撥帳號　19563868　戶名：秀威資訊科技股份有限公司
讀者服務信箱：service@showwe.com.tw
展售門市　國家書店（松江門市）
104台北市中山區松江路209號1樓
電話：+886-2-2518-0207　傳真：+886-2-2518-0778
網路訂購　秀威網路書店：https://store.showwe.tw
國家網路書店：https://www.govbooks.com.tw
經　　銷　聯合發行股份有限公司
231新北市新店區寶橋路235巷6弄6號4F
電話：+886-2-2917-8022　傳真：+886-2-2915-6275

出版日期　2025年7月　BOD一版
定　　價　340元

Printed in Taiwan

讀者回函卡

國家圖書館出版品預行編目

倚近/黎漫著. -- 一版. -- 臺北市 : 要有光, 2025.07
面； 公分. -- (要青春 ; 120)
BOD版
ISBN 978-626-7515-51-8(平裝)

863.57 114005565